❻ 蝗灾引奇祸

四海为仙

管平潮◎著

浙江文艺出版社
Zhejiang Literature & Art Publishing House

目录

第一章
洞底观天，认麋鹿以为马

一听有宝，小言不禁打起精神，开始留意起邻桌两个大叔的闲聊。

只听其中一人正驳斥同伴刚才所言："不对吧？依我看，不是有宝，而是有神仙！那童谣不是说'神仙降'吗？我看应该是天上哪位神仙闲来无事就来咱黄石镇度人——"

"哎呀，老兄高见！和我说的意思一样。我刚才就说，洞里有仙人和宝物……"

邻座两人继续在那儿有一搭没一搭地闲扯。小言听后，心说如果他们所言不虚，这倒也算件新鲜事。说不定就是那水之精，专在路中间打个洞蹲着，只等他去寻。心下这么胡乱想着，小言付过账，和琼容、雪宜一起往镇南边走去。

出了黄石镇南口，一走上那条向西南蜿蜒的官道，就看见不远处围着不少人，正在那儿指指点点，甚为热闹。也许是现在阳光炽烈，倒没瞧见什么瑞气彩光从围观人群中冲天而起。

他三人中要属琼容最爱看热闹，不待小言吩咐，她便已扯着雪宜的手冲了过去，一边跑一边还不住回头喊："小言哥哥快点儿，一起去看！"于是三人中常常领头的小言反倒最后一个到达那个大洞边。

这个昨夜刚震裂的大洞,正横在路中间,使这条黄泥官道从中断裂,两边裂口如新月般对合起来,围成一个深不见底的洞穴。

等小言离得近了,才发现洞口那儿,真有些闪着彩光的云雾不时飘出。一到洞口,灵觉敏锐的小言便知上清水精绝不会在这洞中,因为这处大道上的气息还不及镇子里来得温润。

现在,这个洞穴周围正围满好奇的人。只是,因为眼前这洞穴看起来深不见底,所以大伙儿只是在那儿扯闲,也没人真敢下去。等小言到来,看到他身后背着柄剑,倒有人受了启发,大叫道:"我看这藏宝洞,也只有那些能御剑飞行之人才敢下去!"

一听这话,小言心中倒是一动。正琢磨间,拽着雪宜的手、探着脑袋朝洞里不住张望的琼容看了一阵,回过头来嫩声嫩气地问他:"堂主哥哥,就派琼容跳下去瞧一瞧? 说不定真有宝物呢! 拿到了就送给哥哥!"

"呵……"听了她这好心话,再瞅了瞅她粉玉般的天真模样,小言心下倒立时有了主意,"谢谢妹妹好意! 不过还是算啦。这洞穴好像挺怪异,说不定下面有可怕的怪物,我们一下去,就上不来啦。"

小言看了琼容的可爱模样,又想起当年那个热心寻宝的同门田仁宝的下场,便觉得还是安全第一,还是待在阳光下比较安逸。

听了小言这话,琼容便噢了一声,不再坚持。

人群中唯一有能力下洞探宝寻仙的上清宫四海堂三人跟没事人一般,和其他围观之人一起聊天闲谈,纯把眼前这稀奇事当成打发时间的谈资。

话说小言和琼容、雪宜只顾在这儿谈天说地,却生生急坏了一人。原来,众人眼前气象不凡的洞穴里虽然没有宝贝,仙风道骨之人倒真有一位。此人不是旁人,正是想替他徒儿报仇的崆峒老祖。此时,他正在自己用仙术震出的洞底团团打转！

崆岈老祖从殒命徒弟那儿得知，将他打得魂飞魄散之人，竟也熟悉噬魂之术，便大感兴趣。尤其，这个名叫"张小言"的少年，竟能在金缺子的血魂大阵中从容不迫地吞噬漫天魂灵，便可知他这一身噬魂修为绝不在自己之下。

对这个面貌慈祥但生性冷酷的崆岈老祖而言，这回与其说他是来替徒弟报仇，倒不如说是垂涎小言这个"噬魂高手"日积月累下来的强大魂灵。另外，据自己那个已被吓破胆的死鬼徒儿夸张的描述，与张小言同行的那两个女孩子竟也有非凡灵力。

"哈！这三人正是老天赐给我的灵药仙丹！如能将这三人魂灵一齐吞噬，则不仅飞升指日可期，就连成仙之后的仙力修为，也可比其他仙客强上一大截！"

说起来，崆岈老祖虽然自号仙家，但苦修千年，不知何故却始终不得飞升，因此才对小言这三个灵力强大之人如此动心。不过，若想要吞噬这几个精魂来助自己飞升，绝不能靠自己的噬魂大法。他知道，来路不明的张小言于噬魂术上造诣非凡。若一个不小心，噬魂不成反被他噬，那可就蹈了徒儿覆辙了。于是，已修炼千年的崆岈老祖便准备用自己另一个最拿手的法术转瞬千年来对付小言这几个功法怪异之人。

唤作转瞬千年的法术实是不容小觑。顾名思义，它能让人迅速衰老死灭，虽然未必真有千年之久，但以崆岈老祖浸淫在此术上的深厚修为，已足能让一切受术之人转瞬死去。

这样霸道的法术，非金非木，不在五行之数，正是天地间最古怪最神奇的一类法咒——时光术。崆岈山崆岈老祖，正是人世间极少数掌握这种奇异法咒的修行者。

不过，这种法术虽然厉害，却也有不小的缺陷。比如崆岈老祖这转瞬千年，便需受术之人心念平和，全心受术，方能有效，竟是丝毫不能强迫。

这乍听起来似有几分可笑，倒像是要让人自愿为俎上鱼肉。只不过，这点小小缺憾却丝毫难不倒崆岈老祖。按他的想法，既然这几人也是修道之人，那就一定渴望得宝成仙。因而，掐算出小言几人大略行踪之后，他便震出这个散发光彩的洞穴，以引诱这几人上钩。

只是，这法子看似无懈可击，但显然现在遇到了些麻烦。洞外那几人虽然能轻易入洞，但居然不动声色，只管和镇上那些无聊之人闲扯！

于是，原本成年累月都能静坐不动的千年老仙，现在却有些按捺不住，虽然表面上还勉力维持着度人成仙的派头，心中却不住悔恨："罢了！如果早知道这少年竟这般没出息，如此迁延耽搁，本仙倒该带壶茶下来，耐着性子边喝边等。"

清闲无比的崆岈老祖现在唯一能做的事，便是竖起那双灵耳，将小言和两个女孩子的对答一丝不漏地听入耳中。

此刻小言正跟身旁的琼容、雪宜郑重其事地说道："你们两个可还记得那个一心寻宝的田仁宝？他整天只想寻宝，最后却……唉！"

虽然小言这话只说了半截，语气却是不胜唏嘘。两个女孩听了，也是不住附和，言语间甚是惋惜。

"哈！原来如此！"听到他们这番对答，闲得发慌的崆岈老祖才恍然大悟。原来，不是他们眼光高明，看穿这是陷阱，而是他们相识之人中有人因为寻宝落了个凄惨的下场！如此一来，便可解释自己这百试百灵之法，这回为啥竟会失效。念及此处，智谋卓绝的千年老仙眼珠一转，已是计上心头。只见他口中默默念咒，准备换个法子，誓要将这几个目标人物诱下洞来。

只不过，他此时光顾着施法，却没继续认真听上面的对话。现在小言正在吓唬琼容："妹妹啊，下面这洞里，说不定藏着恶鬼，很恐怖！"

小言瞧天不怕地不怕的小丫头仍按捺不住好奇心，在那儿跃跃欲试，便出言吓唬她。

正当琼容听了小言的话，咬着指头思忖小言是不是又在把她当小孩哄时，忽听小言一声大叫："不信你看！"

"咦?"这一瞧，琼容也不禁一脸惊奇，"哥哥不骗我，是真的哦！"

她顺着小言手指方向看去，清楚地看到洞口原本不绝如缕的彩雾现在竟变成了浓重的黑烟，看起来甚是恐怖。

"哎呀！果然不出我所料，原来这洞里真有鬼怪！"

小言见状赶紧招呼一声："琼容、雪宜，咱快逃！"

"嗷！"

其实并不知鬼怪有何可怕的小姑娘，一听小言这话，赶紧转身跟着就逃。旁边那些围观之人见他三人这样，也立即发一声喊，一哄而散，往四下逃去。眨眼之间，原本热热闹闹的洞口就变得无比冷清，只有一地的瓜果壳证明这处曾有许多人来过……

拂去身上刚从洞口飘落下的烟尘杂物，才来得及施术飘起黑烟的崆峒老祖一脸茫然："怎么会这样?！……不对啊！按理说，这少年身怀绝技，见着洞口飘出黑烟，理应热血沸腾，急着下来斩妖除魔才是，怎能转身就跑?！"

见小言就是不肯下洞，崆峒老祖便如耗子吃了鸡蛋，无处下口。

直到这时，这个千年老仙的脸色才变得凝重起来："看来，还是本仙轻忽了。这少年果然深不可测，若只是雕虫小术，绝瞒不到他……"

崆峒老祖也是果决之人，一念及此，立即一拂袍袖，飘然出洞而去。

他原以为百无一失的计策，最后只是在别人地界上留下了个深坑，倒害得黄石镇百姓费了三四日工夫，出得好些人工，才将路中央的大洞填平。

这些都是后话，再说小言几个奔逃之人，跑出去有四五里地后，才缓下步来慢慢前行。

稍得喘息，小言刚开始琢磨得想个万全之策，想办法将那洞里古怪不留后患地除去，忽听身边琼容不解地问他："堂主哥哥，恶鬼真的很吓人吗？"

"嗯，是啊，很吓人，连哥哥都怕。否则怎么叫恶鬼呢？"小言有些心不在焉地答着话。事实上，他自己也不知道众口相传的恶鬼是啥模样。不过，这并不妨碍他吓唬爱惹闲事的小姑娘，以便省去不少不必要的风波。

就这样有一搭没一搭地凭空形容着恶鬼的恐怖，小言他们顺着黄泥官道迤逦前行。正行走间，小言忽见前面远处道路上，似有一人横卧在路中央。

"难不成是饿得走不动路的乞丐？"心中转念，小言便赶忙走过去看是怎么回事。

等走近一瞧，才发现大太阳下躺在路中间之人，是个骨骼阔大、样貌奇特、身着紫葛衣、腰系青藤麻绳的红发老人。见如此，小言赶紧上前拱手问话："老人家，是否有不便之处？ 如需帮忙，尽管说。"

见他上前搭话，老者竟似有些激动，一骨碌爬起来，略打量了他一番，然后说道："不错不错，心地良善！ 老夫果然没看错人！"

装扮怪异的老人声若洪钟，并不像没吃饱饭的乞丐，只不过他口中说的话有些没头没脑。

小言闻言正要发问，却听那老者继续说道："看来老夫的确与你有缘。刚才我在那洞穴中略作休息时，就恰见你路过。现在我来这儿晒太阳，又碰见你。"

"咦？ 原来洞穴中之人是你！"小言闻言心下一松。看来，那洞中也没啥妖怪，而是这游戏风尘的异人开了个玩笑。不知自己有何奇缘，小言大感好奇,便恭谨问道:"不知老丈是何人?"

"嗯,小兄弟够爽快,正对老夫脾胃。真人面前不说假话,不瞒几位,老夫正是那魔道仙人!"

"咦? 魔道? 仙人?"

听红发老者这话,小言倒没太大反应,只是觉着有些好奇。相比小言平淡的态度,眼前的魔道仙人却有些激动:"不错!老夫正是魔道中人!魔道名声不好,小哥也应该略有耳闻。其实,这些都是世人对我们的误解!实际上,那些正道中人可以循正途修炼成天仙,我魔界人士又何尝不可循魔道修炼成魔神? 正所谓阴阳相辅,万流归宗,本原方为至理,手段只是外相,实无甚正邪仙魔之分!"

红发异人这番话,倒很对小言脾胃,直听得他不住点头。刚要附和,却听红发老者话锋一转,仰面向天,愤愤说道:"我魔道入世之人,大多愤世嫉俗,又不讲究皮相,才会让重表轻里的凡夫俗子产生误解,称我们为'邪魔外道'。比如我,也只不过头发的颜色式样怪诞了些,便被人送了个外号,叫'红发老魔'! 其实谁又知晓,我实乃十分正直之人!"说到此处,这位红发老者一声长叹,好似满怀"众人皆醉我独醒"的惆怅。

听他如此说,小言倒也顺便打量了一下他乱蓬蓬的红发,心中不由自主思忖道:"呵……倒不怪旁人说,这头发离远乍一看,倒确实有些像着了火的鸟窝……"

就在小言在心中胡思乱想之时,红发老者见眼前少年似乎对自己的魔道身份并不十分惊惶抵触,不禁大喜过望,激动地说道:"小兄弟果与那些俗人不同!不瞒小哥说,今日我来,正是要帮你解除大厄!"

"大厄?!"红发老者此言一出,顿时把这三个少男少女吓了一大跳。

"正是! 你恐怕还不知道,你已大祸临头!"见他们一脸惊疑,红发老者便又重复了一遍，端的言之凿凿。

忽闻自己好端端的竟要大祸临身，小言甚是惊慌，略定了定神，才小心翼翼地问道："不知老丈所言大祸指的是——"

与小言小心的话语不同，琼容却已忍不住跳起来，大声叫道："老魔快说是怎么回事！是不是又有坏人要来打哥哥？"

琼容身旁的千年梅灵寇雪宜，这时俏靥也如凝冰雪，正一脸紧张地聆听到底是何祸事。如此紧张之时，倒也没谁留意琼容脱口而出的不敬称谓。

见自己之言引得三人关注，红发葛衣老者微微一笑，好整以暇地说道："如果老夫没看错，小兄弟应该已练成噬魂之术？"

这话一出，小言猛然一惊！

见他如此，萍水相逢的红发老者满意一笑，继续说道："这噬魂虽然威力强大，但也有些不妥之处。功力越深，那些噬入魂魄的反噬之力就越大。我看小兄弟现在气色似乎还好，但你这噬魂之功显已十分深厚，如若再不防范，恐怕要不了几年，便会遭遇劫数。当然，幸好你今日遇上老夫，我正与你有缘……"

红发老者这番自认为在情在理的诚恳话语此时正说到高兴处，他浑没注意到，原本还一直恭敬聆听的小言听到这里，眼中神色已是骤然一紧！

第二章
幻径迷踪，谁悲失路之人

就在自称魔道人士的红发葛衣老者正说得兴起时，却不防原本恭敬聆听的小言猛然半道截住他的话头，不客气地说道："前辈谬也！那噬魂邪术，血腥残忍，大违天和，我如何会去学？不瞒阁下，我虽驽钝，但这等邪术，则目不忍视，口不欲言，耳不愿闻。抱歉，我等还有急事要办，这便告辞别过！"

说到这儿，一脸肃穆的小言也不等答话，便转身拂袖而去。琼容、雪宜见他生气，赶紧跟在身后一起离去。

"咦？这次又是哪儿出错了？"听原本和蔼的小言突然说出这番激烈的话语，红发老者始料未及，"他对噬魂之术如此熟练，没道理不知反噬之事，可为何见了我这'救星'，竟如此决绝而去？"

站在道路中，看着那个小女娃忍不住回头吐舌做鬼脸，幻形惑人的崆岈老祖一脸茫然。

"嗯，看来本仙若不真使出些手段，这奸猾小辈绝不肯入彀！"

小言这时并不知崆岈老祖还在打他们的主意，心中只以为刚才遇上了一个有几分疯癫的魔道老头。看来，这魔道中人果真有些不正常。小言想起来就有些愤愤然："晦气!我这么一副好人模样,这老丈竟当面张口就说我会噬魂邪术,真是没有礼貌!"

略思忖了一会儿,小言也就渐渐把这事抛开了,专心和琼容、雪宜指指点点,一起欣赏起沿途景色来。

一路前行,路边的山丘渐渐多了起来。大大小小的山头,前后相接,连绵不绝,在五月天里正是翠碧欲流。

这一路上,水泊渐渐少见,只偶尔能在远处山峦间看到群丘环抱着一湾幽静的水塘。偶有清风拂过,原本光洁如镜的水面便鳞波泛彩,水光烁华,为无穷无尽的静寂春峦平添几分活泼的灵气。

走着走着,又过了几个岔路口,小言便觉着周遭渐渐荒凉起来。脚下的官道已变得凹凸不平,路中间更是杂草丛生。看路中野草蔓芜的情状,显见这路延展到此处,已经很少有人走。

看着周围苍莽荒凉的情势,小言已暗中提高了警惕,严防自己这几人突然遭了绿林好汉的暗算。

与紧张的小言不同,虽然被堂主出言提醒,但两个同行的女孩仍然浑若无事,对自己身边未知荒野中暗藏的危险懵懂不知。

在小言机警万分的当口儿,琼容小妹妹却变得分外好学起来,跟雪宜探讨起昨日堂主哥哥布置下的文学功课。才过片刻,她似已有所得,就跑来跟哥哥夸耀。

但她的堂主哥哥此刻正留意周遭情势,并没停下脚步,于是琼容就在小言身前身后颠颠地跑上跑下。今天小丫头正穿着哥哥给她定制的白色裙衫,在殿后的梅雪花灵雪宜眼里,就好似一只不停蹦跳的可爱的小白兔。

而此刻,口中正有一搭没一搭地鼓励着琼容的小言,心中也在给自己不住地打气:"嗯,咱这几人,放到绿林中也该算武功高手了吧?琼容小刀舞得不错,雪宜杖法精妙,我自己则内力十足,最近于剑法上又似有所悟。这样的话,若只是寻常毛贼,当不在我四海堂三人话下!"

十几天前与邪教对敌,一气斩杀三人,看来自己这四海堂实力还挺强。现在唯一需要提防的,就只是在山间做那无本买卖之人的诡计而已。

正在心中这样乐观地思忖,他却猛然听到一声嘶叫,然后便是一阵哒哒的马蹄声在身后急促响起。

"是行人还是贼徒?"听到突如其来的马蹄声猛然迫近,小言急拉琼容、雪宜侧身闪到路旁。还没等他站稳,突然觉得肩上一轻,然后眼前便是一道巨大的黑影闪过,迅疾朝远方逝去。

"咦?!"

刚才这变故发生在电光石火之间,等反应还算敏捷的小言回过神来时,却发现肩膀上已是空空如也。凝目朝黑影逃走方向看去,小言这才明白刚才发生了何事。

原来,是一匹黑色的野马突然冲出来咬断了他那褡裢的细麻绳,然后叼着褡裢迅速朝路边荒野山丘中逃遁。

"好个劫道匪畜!这四腿溜起来倒快!"

惊怒之余,又想起刚才那匹黑马快如闪电的矫健模样,小言忍不住失声赞道:"呀!不想现下山贼竟肯下如此功夫,驯得这样好马来劫路!"

虽然心中佩服,但被劫之物却一定要寻回。小言将重要物品都藏在了怀中夹袋,被劫走的褡裢只是钱囊,并装着些身外之物。只可惜,小言无比看重这些沉甸甸的身外之物,这许多钱财一下子就被劫去,那还了得?于是心疼之余,少年堂主立即下令,让四海堂所有人一起随他去追那匹叼钱黑马。

于是,在琼容欢天喜地的"捉马捉马"声中,满脸晦气的小言一马当先,铆足脚力朝不远处连绵起伏的山丘奔去。

眨眼工夫,他们几人就已站到了一座山丘下,类似的山丘他们一路上已不知看过多少回。

看着眼前丘峦相叠、草木幽深的模样,小言倒有些踌躇。他一把拉住正在使劲往前冲的琼容,细细打量起眼前这些连环相结的山丘,一时并不敢冒进。毕竟,刚才那匹迅捷的黑马一击而走,精准的眼力可以称得上骇人听闻,实不是一般人能训练出来的。

正当小言踌躇不前之时,忽见远处草丛中正有一人直起腰来。极目一望,见那人一身农夫打扮,背着竹筐正在野地中打草。小言见状赶紧走过去,向他询问山中情况。

听小言将前因后果说过,满脸皱纹的憨厚农人一脸同情。听他说,小言眼前这山中,向来就有不长进的山民子弟学了些歪门邪道,驯得快马专来劫人钱财。

瞅见小言肩后露出的剑柄,颇有正义感的割草农人便告诉他,那个不良子在前面山峦中筑有茅庐,只要翻过两三个山头,就能将他找到。

听得此言,小言满心欢喜,心道原来只是个会些旁门的小贼,应该不足为虑。于是谢过农人后,他就顺着所指方向,和雪宜、琼容一起朝山中奔去。

他们几个急奔之人不知道的是,就在他们走后,那个刚刚指点迷津的农人脸上却露出些迷惑神色:"为啥只要说出这番话,那老神仙就要送我一锭大银?"

小言走进农人指点的那座山岭后,便在两个女孩前面深一脚浅一脚地行走。

春天的山丘,到处都是葳蕤的草木,脚下山民们踩出的鸟道上也是青草遍地,只能依稀瞧出山路延展的痕迹。这时身边的春山正是无比寂静,几乎听不到一声鸟鸣。

小心翼翼地行走了一会儿,小言开口提醒道:"琼容、雪宜,你们要跟紧我,小心别滚下山坡去。"

等了一阵,没有听到那惯有的清脆应答,只听到自己脚下沙沙沙沙的草响。循着惯性又往前走出几步,小言终于觉出不对劲,猛然一回头,却发现自己身后除了一条草木葱葱的道路,哪还有半分女孩的踪影!身旁不高的斜坡上,更是空无一人!

"……琼容?雪宜?!"乍见二人走丢,心急火燎的小言便朝四方大声呼喊起来。可是,除了一声声悠长的回响,听不到半句其他人语。

喊过一阵,见毫无回应,小言便转身朝来路奔去。直到这时他才发现,原本看似普通的山间小径,现在变得格外漫长。刚才只不过走出半里多地,现在再回头,却仿佛怎么也奔不到头。

飞奔一阵,觉得望不见尽头,小言便反身朝前路飞奔。只是,全力奔走的小言,过了一阵才发现,脚下这条不起眼的青草小道,似乎前后都永远没有出口。

"这是不是条闭合的路?"存了这样的怀疑,小言便一路留意,谁知一路上所经景物,却又永远不尽相同。

"罢了,恐是遭了奸人邪术。"就这样前后往复奔跑了几回,急怒交加的四海堂堂主终于醒悟过来,他们三人恐已中了贼人圈套。

"这真的只是劫道贼徒设下的机关幻术?"

绿影重重的山路上,不知在冥冥中遭了何种神秘的咒术,素来机敏的小言此刻竟似闭塞了所有的灵觉,只知道顺着草径漫无目的地不停奔跑。

在死一样的沉寂中,徘徊于路途上的小言沉埋许久的孤独感重新浮上心头。

　　无论他现在多随和、多豁达，上罗浮山前，他这个士族私塾中的贫家子、市井贱役中的读书郎，就常常暗暗体味着无奈与孤独。

　　虽然，自从认识小盈、灵漪儿、琼容、雪宜之后，这样的孤单落寞已经快淡忘无踪，但当自己突然与琼容、雪宜失散，重新奔走于永无尽头的陌路烟尘中时，熟悉的孤寂却又悄悄地充塞于心头……

　　正当小言满心莫名哀伤，口中充满苦涩滋味不能自拔之时，他背后那把惯于沉寂的古剑却突然间龙吟震匣，一下子便将梦魇中的他惊醒了！

　　"对啊！我为何忘了自己还会御剑飞行？"只一转念，恢复清明的小言便已随那道乌光冲天而起。

　　心中似有所感，小言御起神剑，朝连绵山丘中青绿最浓处翛然而去。

　　掠过层层迷眼的青碧，终于到达那处神秘所在。几乎同一时刻，一脸惶色的梅雪仙灵也已挣脱迷乱的幻境，从万山丛中飘然飞来。

　　而此时，呈现在这两个忧心忡忡之人面前的，却是一派鸟语花香的光明景象。

　　"哥哥，雪宜姐姐，你们也来啦？"蝶舞花飞的山崖前，一个天真烂漫的女孩子正回头拍着手欢叫，"你们快来一起看！这位好心的老爷爷刚刚答应，马上就要帮我长大！"

　　葱嫩的手指指向处，正有位白玉面庞的老者，满面慈祥，朝两个新来的访客咧嘴一笑。

第三章
神光照影，疑是梦里蝴蝶

"琼容！快回来！"刚从幻影迷阵中逃脱的小言、雪宜二人，一见眼前情景，哪还不知有古怪，立即不约而同地大叫一声，想把受骗的小姑娘喊回。

谁知，他二人脱口呼喊之后，却发现自己口中发出的声音竟似突然撞到一堵无形的墙垣，蓦然间青光一闪，眼前已经现出一只半透明的钟形大罩。这钟罩将琼容和那慈眉善目的老者团团罩住，对着小言、雪宜的一面受了人语声撞击后，现在正在像水波一样不停晃漾。

琼容面前这个满面慈祥的老者不是旁人，正是要替徒儿报仇的千年怪仙崆岈老祖。乍见小言和雪宜这么快就从自己的幻影迷踪阵中脱身而出，他觉着好生奇怪。不过转念一想，积年老怪倒觉得这样反而更好。

这两个后生小辈，亲睹自己活蹦乱跳的亲近之人转眼就生生变成一堆白骨，这般滋味势必会让他们心神俱丧、发疯发狂。到那时，自己的噬魂之力又因吞噬小女孩的灵力而变得更为壮大，则不再需要用什么机巧就能将他二人轻而易举地消灭了。

打着这样的如意算盘，崆岈老祖便回头专心看着眼前的琼容。

因为外罩魔钟，现在一心只想早些长大的琼容丝毫没听见小言哥哥和

雪宜姐姐的呼叫，也没注意到他们满脸焦急的神色。这时，她已转过头来，满脸期待地望着这个承诺要帮自己长大的"好心"老爷爷，只想他早些施展法术。

看着眼前宛如美玉琼葩的天真小姑娘，崆岈老祖心中竟叹了口气："唉，罢了，若不是本仙已修了千几百年，见了如此可爱的小丫头，又如何下得了手……"

就在他一转念的工夫，钟形大罩外的小言和雪宜已各自祭出兵刃，运足法力朝眼前钟罩狠命砸去。饶是崆岈老祖千年修行，法力通天，处心积虑设下的钟罩强大无比，在小言与雪宜死命相击之下，柔性魔罩在一片笃笃声中仍如水泡般大为变形。

见如此，崆岈老祖再无迟疑，挥手就向眼前虔心等待的琼容头顶飒然抚去。霎时间他早已准备多时的怪术转瞬千年便化作一段艳丽无比的彩色光流，朝琼容当头罩去，将她身形团团裹住！

"倒可惜了一个小丫头……"

一击得手，崆岈老祖便准备随即施展噬魂大法，将肉身毁败的琼容躯壳中的魂力吸噬殆尽。

认真说起来，崆岈老祖的法术虽名转瞬千年，但并非真正威力无俦的时光之技。他这独门秘术，实际上也只是催人躯体机能迅速老化，便如同转眼过了百年光阴一般。毕竟，对于世间大多数生灵而言，要其败亡又何须等上千年。

见琼容浑身上下被包裹在一片宛如毒蘑焕彩的光流之中，小言顿时更为焦急，与雪宜一道频频催动手中神兵，不住朝那钟罩击去。只是，不知那玉面怪客是何来历，这如若空明的护罩形质竟如流水，虽被他二人的古剑、灵杖击打得不住朝内凹陷，却始终不破，且待古剑、灵杖撤回蓄势再击之时，又恢复了原状。

面对始终不破的钟罩，小言与雪宜二人情急之下，一时竟不知如何破解！

只是，虽然他两急切间打不破这古怪的钟罩，但内里的崆峒老祖也同样遇到了麻烦。

原来，在他眼前，那道几百年来百试百灵的催命灵光，竟没像往常一样随着吸蚀附着之人的生命变得更加璀璨艳丽，反而渐渐黯淡，最后竟熄灭无形！而那个小女孩非但没奄奄一息，反而变得更加活蹦乱跳。现在这个小丫头正一脸神采奕奕地仰首疑问道："老爷爷，为什么我还没怎么长高啊？"

"呃……"没料到这种后续情节的崆峒老祖，被琼容这么一问反倒愣了一下。心念电转之际，他也懒得再答话，只管双手张舞，结着各种怪异的结印，同时身形剧颤，浑身上下竟咕嘟嘟冒出千万条不住挣动的血色光缕。

原来崆峒老祖情急之下，在施展转瞬千年的同时，又全力施出噬魂血咒，以图将琼容一举毁灭。因为他已感觉到，身周那层阻隔干扰的钟罩已被击打得支离破碎，自己已无力继续支撑。与其被那两个高深莫测的少男少女杀入与小姑娘汇合，还不如趁现在一对一时放手一搏！

于是，崆峒老祖再次施出的艳彩光流，混合了催命噬魂二术，就好似一条浑身闪耀着毒色眼眸的血色大蟒，瀑布匹练般朝眼前仍然毫无防备的琼容兜头噬去！

二次施出的毒光如此之盛，便连被阻隔在外的小言都嗅出了万般危险的气息。

"琼容快走！"向来惯于从容说话的小言，此刻这声呼喊却喊得撕心裂肺。急火攻心之下，小言只觉得头眼一阵晕眩，仿佛自己的脑袋都要裂开了。与身体上传来的疼痛相比，他心中的痛楚更深上百倍："为什么我要让她跟自己一起受这凶险?!"

这时,方才浑若无事的琼容,再次被艳彩流光罩住,一下子仿佛沉溺水中,手足展动不得,口鼻呼吸不得,平生第一次感觉到如此难受。她好像被人勒住了脖项,温润如玉的俏脸上已现出好几分青紫之色。即使这样,一心只想成长的小姑娘,却仍在那里强自忍受,浑不知自己转眼便要遭灭顶之灾!

眼瞅着眼前的古怪小女孩此刻现出这般痛楚情状,崆岈老祖重又恢复了傲视众生的冰冷心肠,只在心中淡淡然地想:"唔,原是刚才没出全力。"

也许,自己不顾身份地和这几个后辈周旋了这么久,到此刻终于要有个结果了。

心中得意的崆岈老祖此刻已无暇感知自己这道流丽无比的转瞬千年,似在瞬间触动了一道尘封已久的神秘机关,在巍巍群丘上浩渺弥远的无尽苍穹深处,渺渺茫茫之中,仿佛回荡起一声悠长的叹息……

而这个时候,小言的封神和雪宜的璇灵,终于冲破了韧如蒲苇的钟罩,朝身姿诡异的崆岈老祖飘舞飞击。

"萤虫之光,焉能与皓月争辉?"已腾出手来的崆岈老祖,看着两个后辈击来的兵刃,嘴角微哂,毫不为意。

正在他要出手将两把兵刃击飞之时,却见剑杖忽地硬生生停在了半空中。就在崆岈老祖觉得奇怪之时,却发觉自己正要随手结出的格御法印竟也生生凝住,不得使出!

在崖前三人惊骇的目光中,这片天地间的万物仿佛瞬间凝滞。花儿停止了摇摆,蝴蝶收起了翅膀,草叶停止了拂动,便连飘摇于云空山川间的微细烟尘也被莫名之力禁锢在了半空中。所有的一切都静止了,只有那处绚丽的光影仍自缤纷缭乱。

在死一样的沉寂中，呆若木鸡的崆峒老祖身前突然间爆发出一阵灿耀的金芒，原本丽彩纷呈的光影现在却只剩下金银二色炫耀蒸腾，宛如交辉的日月。凝目看清粲然光团中的情景，一时呆怔的小言只觉得自己胸腔中那颗怦怦怦搏动的心，突然间就不受控制地剧烈跳动起来，咚咚咚狠狠撞击着胸腔，仿佛在下一刻就要蹦跳出来！

原来，就在原先琼容站立之处，此刻一片流光耀金，光影纷华之中，竟长身顾立着一个陌生的女子。女子蓁首上方，一片明烂的金霞云气缓缓流动，将她流舞飘飞的长发浸染得如同太阳的金焰；顾秀曼妙的身躯上流动着一袭缀满星光的银色绫裙，仿佛是将一段璀璨的银河裁作了她的裙服。再朝她脸上看去，一瞬间，小言的头脑中仿佛被重锤狠狠敲击了一下，嗡一声巨响，直震得他要晕眩过去——何等绮丽、何等神幻！如果说以往小盈、灵漪儿、雪宜，无论容姿如何出尘出众，饱读诗书的小言总还能举出恰当的词语形容她们，但这一回，则无论他如何搜索枯肠，却再也寻不出一语加以描述！瞬时，乍睹神颜的饶州少年、上清堂主，就如被雷击般动弹不得！

此时，小言身旁来自亘古冰崖的梅花灵魄雪宜，却看到原本狠厉的崆峒老祖身周整齐排列着千百点银色的星芒。这些如同月陨星落的光点，仿佛有着某种奇异的魔力，将这个不可一世的魔仙牢牢束缚。

面对着眼前这个突然出现的神女人物，三人之中首当其冲的崆峒老祖却感到自己正面对着有生以来最凶险的恐怖。这份恐怖，震撼心底最深处，竟似比自己熬度千年之劫时更加可怖！被星阵牢牢禁锢的崆峒老祖，虽有千年以上的修为，却丝毫不敢挣动，只在口中反复乞求："我糊涂、我糊涂！愿堕轮回……愿堕轮回……"

听清他这牙疼咒般的喃喃话语，仍有些懵懵懂懂的小言与雪宜二人立时大为惊异。什么人能让这样法力无边的仙怪，还没出手反击就说出这样的乞怜话来？

心中正自惊疑，却不料那个金霞银影里的神幻女子，那双原本澄若秋水的星眸中，已充满蔑视、嘲讽、不屑的神色。片刻之后，虽然她唇齿未动，在场三人却听到一声洪钟大吕般的震响，正从心底最深处传来："轮、回？"

这句短短的话语，满含嘲弄之情，从诸人心灵深处直直撞来，一时间小言竟觉得自己就快要魂飞魄散了！被困在星点晶阵中的崆岈老祖更是面如死灰。

只在须臾之后，寇雪宜便见到那些整齐排列的点点星晶，突然间一阵银光闪耀，竟化作朵朵银色的蝴蝶，然后一齐旋转，仿佛就要振翅飞动。整齐的排布，整齐的转动，竟让雪宜觉着在这片不大的空间中，正上演着一场壮美无俦的法术！

还未等她细细品味这瑰丽的神术，却见一只只银色的蝴蝶，已各自翩翩飞起，并一分为二，二分为四……如此周转往复，纵横交错，转眼间眼前天地中就已充满了这些银色的精灵。雪宜还有些愣神之时，眼前一阵银光闪华，然后柔美的银辉已变成灿耀的金焰，极天无地扑面而来。一时间，寇雪宜只感到天旋地转，又觉着自己仿佛成了一叶渺小的扁舟，正漂荡在浩渺的汪洋上，四顾茫茫，无依无靠，不知归路……

在那一刻，寇雪宜觉得自己仿佛又回到了当初冰冷寂寥的万古冰崖之上……

也不知过了多少时候，待她重又清醒过来后，却发现身周的光之海洋已经消退无踪，那个金霞为冠、银汉为裳的女子依然凭崖伫立。努力延展自己的灵觉，寇雪宜却发现眼前整个天地间，再也寻不出先前那个崆岈老祖丝毫痕迹。

这时，身边的小言也终于清醒过来。刚才乍对突如其来的剧变，饶是四海堂堂主往日机变百出，一时间也禁不住浑浑噩噩起来。而现在，他终于又恢复了往日的思觉。

望着崖前那个孤身独立的莫名神女，小言努力按捺下突突的心跳，迟疑着开口问道："琼……容？"

话音未落，却见女子蓦然侧首，朝这边冷冷看来！

第四章
山岳飞举，初逢便又别离

"琼……容?"

片刻后从震惊中清醒过来，小言立即想起原本应该站在那处的小妹妹。可金辉银彩照耀之地，只有那位神幻女子长身伫立，哪还有可爱女孩半分踪迹。

略带迟疑地喊出这句，却见光辉影里的女子猛然侧首，双目如电，朝这边冷冷看来。

刚一对上小言双眼，那女子原本淡然的剪水秋瞳中却一阵波动。瞧她那模样，竟似是突然一怔。

见她这样反应，小言倒有些奇怪。正待开口再问，却突然发现那女子脸上神色竟已变得怒气冲冲。还没等他反应过来，就见仙神一般的幻丽女子右手蓦然一抬，然后五根玉管一般的纤指朝自己这边绽成一朵盛开的兰花。

"……"

虽然神女一脸薄怒，但举手投足间无比优雅，直让小言重又愣怔当场。

见小言愣怔模样，女子更加恼怒，就似终于下定决心一般，将兰花纤指往回一收，回握成一朵敛闭的荷苞。

"是叫我过去吗?"看女子宛如招手的模样,魂灵已飞到半天的小言兀自在心下忖测。

"堂主小心!"正在小言如中邪魔之时,身旁蓦然响起一声惊叫。小言还未及反应,却已被人从后拦腰抱起,耳边只听得呼呼的风响,等他反应过来时,却发觉自己正被两只素手环腰而抱,已飞在半空之中。

高天上清冷的山风,立时让四海堂堂主猛然惊凛。虽然背对来路,但此刻小言心神却是无比清明。脱胎于炼神化虚的一丝灵觉,倏然越过身后的雪宜,朝苍莽群山上空延伸开去。

甫一神游,小言便大吃一惊!原来他用身外之眼猛然看到,就在巍巍群山之上,竟有一座石丘拔地而起,朝自己这边迅猛飞来!

初始时,飞天的石丘才似一个端午粽子般大小,但转眼之间,便遮天蔽日,以泰山压顶之势朝这边凌空扑来!

石丘来得如此之快,承载两人之重的娇柔女子雪宜仓促间来不及飞离。一时间,飘摇于半空之中的小言、雪宜二人,已被笼罩在一片可怕的阴影之中。似乎,转眼间他们这两个渺小的生灵,就要毁灭在横空而来的石丘之下。

值此生死关头,小言却变得格外镇静。

间不容发之际,两枚耀眼的巨大光轮忽于半空凝结,飘转着朝飞天的石丘迎面击去。流光飞曳之处,又有一道呼啸的乌光紧紧相随。光影交辉下,小言口中发出一阵奇异的啸吟,霎时便在那道流星般的瑶光飞剑上激起细密的电芒,与云空中蓦然滚动的轻雷遥相呼应。

原来在紧急关头,小言使出浑身解数祭出流光斩,飞出封神剑,口中更比拟起神曲《水龙吟》,希图助凌空横击的瑶光剑一臂之力。就在他作法之时,死死拖住他身躯的寇雪宜也清叱一声,将圣碧璇灵杖祭于半空,不断散飞出无数朵金辉熠熠的灵花碧萼，汇成一道花色狂飙，向身后那座追迫而来的石丘呼啸击去。

"轰——"只听一声惊天动地的巨响，那座被人拔起飞来的石丘，已横空炸成漫天石雨！

面对满天横飞的石渣，寇雪宜使尽全身气力，死抱着小言在半空中飘飞闪避。只是，饶是她身姿飘忽如魅，后背仍不时被满天飞洒的碎石砸中。即便如此，雪宜也只是花容紧蹙，紧咬银牙，尽量用自己娇弱的身躯护住身前的堂主。

听着不绝于耳的嘭嘭声，小言岂不知发生了何事。心中感动之余，急忙御起神剑，反身拉起雪宜，一齐往地下安全之处奔去。

待脚踏在地面之后，小言还在担心不知身在何处的琼容是否也会被这场石雨砸到。展眼朝琼容消逝的崖前望去，却见四处飞溅的碎石才到那女子数丈之外，便已化成齑粉四下飘散。

这时，心思细密的小言忽然发现神采非凡的女子看着自己这副狼狈模样，却是一脸奇怪不解之色。

不过此时小言已无暇去深究此事，对他来说，直到今日，才算真正见识到什么叫通天的法力。在这位力能移山倒海的莫名神女面前，小言心中头一回升起不能排解的害怕与恐惧。到这时，哪还顾得上去欣赏什么神幻姿容、绝美风骨，想办法逃命，那才是第一要务！只是——

"是留下寻找琼容，还是暂且先逃？"一向极识时务的机敏少年，竟在凶险绝境中踌躇起来……

正自犹豫，却忽听到一声不太自信的轻呼："琼、容？"

"呃？！"听到一直跟在身旁的雪宜这一声呼叫，小言如被针刺了一般赶紧抬眼望去。这一望，却把他惊得目瞪口呆！

原来,崖前那个发如金焰、威风凛凛的神女,不知何故突然褪去耀眼的霓冠星氅,还没等他看清楚,转眼间还面带疑色的神幻女子就变成了小言熟得不能再熟的小女孩琼容!

原本身形颀长的神女成了一个娇俏玲珑的小丫头,唯一有些相似的,便是琼容也正一脸疑色。现在小姑娘正站在原处,手指抵腮,玉贝般的细齿紧咬着下唇,眼巴巴地望着站在远处的小言哥哥和雪宜姐姐,一脸不解。

"琼容!"随着小言一声激动的呼喊,发愣的小姑娘终于清醒过来,立时如小兔子般蹦跳着奔跑过来,迎着同样疾冲过来的哥哥,一头扎在小言怀里。

重又与琼容相见,可谓恍若隔世,小言将她紧紧搂在怀里。重逢之刻,激动之余,小言心下又好生疑惑:"这是怎么回事?刚才是不是山神附身,惩奸锄恶?"

就在他胡思乱想之时,怀中的小丫头突然记起件重要的事:"咦?那个答应帮我长大的老爷爷呢?刚才他还在呢……"

琼容大感迷惑,刚一仰脸想问问哥哥,却忽然看见小言脸上竟有几道伤痕,鲜血淋漓。

原来,刚才虽然梅花仙子雪宜拼着挨了数下石击,但小言脸上也被飞石划破了几道,倒反似受伤更重。

一见哥哥流血,琼容立时又惊又怒,赶紧从小言怀中挣脱,气冲冲问道:"哥哥,是谁打了你?我去帮你打回来!"

话音未落,那两把红光闪耀的朱雀刃便已在左右飞舞。

见琼容一张小脸涨得通红,小言迟疑了一下,转脸与雪宜对望一眼,便弯腰和颜说道:"琼容,没谁打我。只是刚才哥哥走路时,旁边一座山塌了,不小心被掉下来的小石头蹭了几下。"

"噢！这样啊……"听了哥哥的话，琼容立即平息了怒气，着忙收起兵刃，随后便踮起脚，要帮哥哥擦去脸上的血痕。雪宜这时也才注意到小言脸上的血迹，当即吓了一跳，也要上前用衣袖帮他擦去血渍。

只不过，经历了刚才这一番莫名其妙的磨难与分离，小言根本顾不得脸上火辣辣的疼痛，伸出手，一把将身前身侧两个女孩的手握入手中，说道："我们都平安无事，太好了！"

说罢，小言好似卸下了整个心神，放开两人的手，来到旁边那片绿茵茵的青草地上，往上一躺，双手枕在脑后，仰面望着头顶的蓝天白云，吐了口气，悠悠说道："我有些累了，想在这儿睡一觉。"

两个女孩见状，也学小言的样子仰面朝天躺在青草地上。

这时候，舒展开身形的小言第一次察觉到承载自己身躯的这片土壤是那么广大与坚实。仰望着碧蓝天穹中悠悠的白云，小言第一次意识到，自己能与两个小伙伴，就这样简简单单地待在一起，是一件多么快乐的事。

两个仍在思忖着是否应该先去替身旁堂主处理伤痕的女孩听到小言忽然开口，悠悠地说道："琼容，雪宜，其实在我心里，我们三人同样重要。"

说罢，小言便在和煦的春野山风中沉沉睡去了……

听了小言突然说出的话，琼容心中忖道："哥哥今天怎么突然这么说？是不是哥哥今天又在哄我玩？"

小姑娘心中虽疑惑，却觉得此刻不便去问哥哥为什么这么说，否则便会扰了他香甜的美梦。与琼容疑惑不解不同，雪宜听了小言说的话竟似十分激动。

又过了一会儿，小丫头以她特有的灵觉，确信身旁的小言已完全熟睡，便轻轻支起身子，小心翼翼地帮小言擦掉了脸上伤痕之间流淌的血污。

斜阳外,古道旁,一处青竹院落的围墙外,正有位蓝花绸氅的富家小公子对着面前路过的小姑娘说道:"你……你长得真好看!"

"是吗?"听了他的话,小姑娘拍着手欢叫起来,"哥哥也常这么说!"

见小姑娘高兴,这个一样也是童真未泯的小公子便鼓起勇气,满含希冀地问道:"那、你能一直待在这里,做我的好朋友吗?"

"哇!"一听这话,小姑娘却似被毛毛虫蜇了一下,跳到一旁,飞快地说道,"一直待在这里? 虽然琼容又温柔、又可爱、又懂事、又好看,还很乖,但——"小丫头语气一转,说道:"但我还要跟哥哥去斩妖除魔!"

"啊!"以为可以留住琼容的富家小公子,听到这不幸的消息后,立时如泄了气的皮球!

懵懂不知世务的琼容浑没注意到眼前富家小公子的情绪,仍自在那儿快活地说道:"你知道吗? 哥哥对我可好了。你看,这就是哥哥给我做的新衣服!"

说完,不久前刚在浈阳参加过一次婚礼的小丫头便捏着那袭白裳的裙边,在原地如陀螺般旋了个圈儿。见眼前的小哥哥睁圆了双眼一眨不眨,似乎不相信的样子,天真的小丫头又从袖子里拈出两枚铜钱,啧啧夸赞道:"看! 这是过年时哥哥给我的压岁钱! 好了,哥哥在叫我了。下次再跟你一起玩儿!"

琼容忽然看到堂主哥哥站在远处道路上,正朝这边含笑而望,于是慌慌张张地跟萍水相逢的富家小公子礼貌道别,不等他回答,就转身飞快地跑走了。

"琼容妹妹,刚才你在和你的小伙伴说什么好玩儿的事呢?"见小丫头朝自己蹦蹦跳跳而来,小言和颜悦色地随口问了一句。

琼容欢快地说道:"那个小哥哥想让我留下来和他做好朋友。可我说还要陪小言哥哥斩妖除魔呢!"听琼容这么说,小言和雪宜都微微一笑。

随后,小言三人重又往草陌烟尘中迤逦行去。

这时,落日熔金,夕霞满天,巨大落日辉影里,三人紧密相随。被那流彩万里的彤色霞光一染,他们便宛若云襟霞袂的仙子神人。

第五章
星坠平野，烟笼十二魔峰

不知为什么，这一晚的霞光特别艳盛持久。

若在平时，霞彩满天的黄昏十分短暂，往往让人还来不及注意到夕云红亮似火，便眼睁睁看着它们黯淡下去。这一晚，小言却在行路之时，看到天边亮色的彤霞绵延千里，经久不散，将附近的草野山川映得如同披上了一层红艳的绢纱。夕霞如此美丽，引得小言三人时常驻足观看。

又过了大约半个时辰，明丽娇艳的火烧云方渐渐隐去，一轮纤细的新月终于在东天上显出它绰约的身形。在黑夜完全笼罩大地之前，小言三人终于来到一处繁华的集镇。此时镇上街道两边已亮起点点灯火。略问过路人，小言才知这个位于通衢的大镇名叫"瑶阳"。

在山野僻壤中走了这么多天，今日又受了好大一场惊吓，现在乍见灯火辉煌、人声鼎沸的繁华街市，小言不免放开心怀，领着琼容、雪宜在街头巷尾细细流连，尝遍当地各样特色食馔，直到连琼容也说再也吃不动时，三人才开始寻找住宿之地。

待问过集镇上几乎所有客栈之后，领头的张堂主才意识到一个严重的问题：瑶阳镇的客栈还真紧俏，问过这许多家，居然没一家有空房！

直到这时,小言才后悔自己刚才有些贪玩。早知这样,应该先安排了住处,再去街间闲逛。

面临这样的困境,也只有小言一人发愁,琼容、雪宜却丝毫不以为意。出身冰崖的雪宜,睡眠对她而言本来便是可有可无。混迹罗阳山野多年的小丫头琼容见小言哥哥找不到住所,便一本正经地提出了憋在心底很久的合理建议:"哥哥,依琼容看,既然找不到客栈,那大家还不如去镇子外随便找个避风的石崖大树,在那里睡下还不要花钱!"

听完这个建议,再看看替他精打细算的小姑娘,小言只是一脸苦笑,稍稍解释了一下,便仍旧沿着街道朝前逛去,希望能碰到一个有空房的客栈。

正走着,一脸晦气的少年堂主突然眼前一亮,发现就在前面不远处,有栋坐北朝南的大宅院,大门前高挑着一对大红灯笼,与门楼上一长串小灯笼一起,将门前街道照得亮如白昼。

"醉梦馆?"望见匾额上三个圆柔的大字,小言长出了一口气,知道今日终于有了落脚之处。

原来醉梦馆正是瑶阳镇上一处客栈。于是小言几人便从大门而入,跟老板要了两间客房,说是他们三人要在馆中留宿一晚。

安顿下来后,时间也就不早了。雪宜将路上采来的草药挤出汁液敷在小言脸上,便领着睡眼蒙眬的琼容回屋安歇去了。

这时夜已深沉,大概已是巳时之中。这一天里经历了这么多事,不安歇下来还没多少感觉,小言等爬上床,四肢摊开躺下时,才发现自己浑身上下如此疲惫,骨头都似快要散架了。于是小言再没什么想头,就在风吹竹叶声中沉沉睡去了……

也不知过了多少时候,记得自己已经上床睡着的小言却忽然发现自己又回到了草路烟尘中,好似又要重新开始朝前赶路。

"晦气，都不得歇上片刻！"依稀知道自己很累，却还要赶路，小言不免有些抱怨。此时小言独自置身于鸟语花香的春野之中，身边浑不见一直结伴同行的琼容和雪宜，但他此刻恍若不觉，好像本来就应该这样。

"唔，也应该早点回家去。好不容易跟夏姨请了假，还是要快点回家去看看爹娘。说不定小盈丫头今天也要来串门喝酒。"想到这里，在春路中缓步而行的小言不禁加快了步伐。正在急急行走间，却忽然听到脑后似乎有谁在一声声呼唤着自己："小言，小言……"

"咦？是谁？"闻声回头望去，正看到在道旁不远处那一片烂漫如海的山花丛中，有个容光娇艳的绿裙女子轻启朱唇，在不住呼唤着自己。

"你是……"

小言心中好奇，忍不住一时驻足，却不知女子到底是谁。才一迟疑，却发现转眼之间自己已经飘飞到淡黄的花海之中，恰来到陌生女子身前。

这时候，没人能知道，就在万籁俱寂的黑夜高空中，乱云堆里正藏着一朵暗紫的云朵。有一人正趴在紫色云边，朝万仞之遥的地面目不转睛地看去。如若夜云有知，便能看到趴着的人脸上竟挂着一副幸灾乐祸的笑容！

此时醉梦馆客房之中，小言床榻旁那条搭着衣物的春凳上盛开了一朵洁白的玉莲，蕊漾清波，宛如明镜。若是仔细看去，便会发现小言睡梦中见到的情景纤毫不差地倒映其中，也不知会被传到何处去。

就在这时，客栈中一直静默的古剑突然如通灵般一阵轻吟，于是就在灵剑剑身上一道青光闪过之后，冥冥中只听得哎呀一声惊惶呼叫，然后仿佛有一道流星正自云天坠落！

梦中的小言似乎无法自控，在某一个瞬间，他只觉得天旋地转，也不知怎的，好似有一股力量推动一般，将他向前推去……

"呀！怎么回事？"小言刚一迈脚，只觉眼前一黑。原本灿烂如锦的天地,竟然在一瞬间消逝无踪!不见了春花,不见了春草,不见了春蝶,不见了那个陌生女子。自己仿佛突然失足掉入一处幽深的地窖,只在一瞬间,眼前便只剩下无边的黑暗孤独。

"唔……该不是我正在做梦吧?"乍睹怪景,小言立时便在心中泛起这样的想法。灵台澄澈的小言往日做了古怪离奇的梦时,每到过于匪夷所思之际,便能硬生生想到,其实自己只不过是在做梦而已。此刻,小言便立即恢复清明,做出了这样合理的判断。

恍惚间只听哎呀一声,好像有什么物事压到了自己身上。

直到这时,一直懵懵懂懂的小言才完全清醒过来。

这时节,屋内红烛还未燃尽,烛光中小言看得分明,一个陌生女子正从自己榻上跳到旁边青砖地上。

小言猛地坐起身来,朝陌生女子瞧去,只见女子艳如琼花的姣丽容颜上,一双秋水般的眼眸紫光烁烁,宛若镶着两大颗水华荡漾的紫色水晶。

这时却见眼前白光一闪,然后便听有人说道:"小言,你没事吧?"

小言顺着声音看去,发现说话之人正是鄱阳湖底的四渎龙族公主灵漪儿。

原来,灵漪儿刚才从那朵玉莲花中看到小言跌入黑暗,便赶了过来。

见镜影离魂而来的四渎公主一脸关切,小言忙起身下榻,说了声"没事",然后对紫眸女子说道:"这位姑娘,你为何深夜闯入我的房间?"

就在这时,忽听到一个稚嫩的女声在房外响起:"哥哥,你怎么了,没事吧?"

说话之人正是隔壁被吵醒的琼容。现在这个小丫头被雪宜牵着,一起赶来堂主房中看究竟发生了何事。见到灵漪儿姐姐也在,琼容便叫了一声,然后打量起陌生女子来。

正在纷乱之时，却听又有人发一声呼喊，然后呼啦一声，一下子从雕花门外涌进许多人来，为首两手叉腰之人正是醉梦馆的老板娘金二娘。

金二娘开店一向谨慎，所以小言房中的异样很快便被她察觉，并带人前来一看究竟。

于是，本就一团混乱的厢房之中，有了金二娘带着的一帮店中健妇加入，更是乱成一锅煮沸的粥！

见金二娘进来，小言立马质问为何深更半夜会有人闯进自己房间，而金二娘进屋一瞧，莫名多出两人，就要向小言讨要更多的房钱。

众说纷纭之时，原本想作法让小言出丑的紫眸少女，见老板娘金二娘要来撒泼拉扯她，直气得心肝儿生疼。

来历非凡的小魔女，当即勃然变色，霎时只听轰隆一声震耳的雷鸣，那些还在争执的客栈健妇顿时口吐白沫，扑地不起，然后只见一道紫色的电光伴着风雷之声倏然而起，穿破屋脊破空而去。待小言几人反应过来，发现原本站在那处的陌生女子已杳无踪迹。

待那些妇人苏醒过来抱头而去后，灵漪儿跟琼容、雪宜打过招呼，便跟小言说道："既然你无事，那我就回去了。"说话间便模糊了身形，转眼消失在众人面前。

一天之中遇到诸多莫名其妙事情的小言，到这时终于撑不住了，跟琼容、雪宜有气无力地说道："我真要睡觉了！"

到了第二天，小言发现客栈老板娘金二娘，倒和当年要钱不要命的老道清河颇有几分相似：吃了这一场惊吓，这位大娘竟还记得要他三人赔修补破漏屋顶的花费。

听到金二娘这样的要求，同样遭了场无妄之灾的小言当然不肯答应。小言琢磨了一下，便告诉眼前气势汹汹的老板娘，称自己在她客栈中睡觉却被妖怪扰了美梦，没让馆里赔钱便已是十分客气。听小言说出这话，见钱眼开的老板娘立刻就想到了后果的严重性：若是逼这少年赔了钱，他铁定会满大街"妖怪妖怪"地去嚷，这么一来，她家这客栈谁还敢来？

念及这点，精明的老板娘顿时便熄了滔天的气焰，换上一副自认甜美的笑容，跟小言好言好语地结账，只想让他们早些走人。

且不提这些市井琐事的繁复，再说在天之一隅，有一处神秘的暗黑之地。那里峰峦如柱、池泽如汤，地表上布满红黑相间的熔岩晶石，在日月星光的激发下散发着迷离的宝气。石地泽野里，四处可见身躯庞大的奇异生物，整日在一片烟熏火燎中飞梭奔驰。

在这处奇异蛮荒中，又有一座峰柱卓然矗立，傲视四方。在其上方圆不到一丈的峰顶有一个由火熔岩天然生成的宝座。

现在，熔岩宝座上正端坐着一个衣甲齐备的紫眸少女。少女在那儿虎着脸，不知在跟谁生着闷气。见魔主发怒，域中生灵尽皆不敢上前搭话，便连那朵受宠的紫云霞车，现在也远远躲到一旁，生怕一个不察，便被主人滔天大怒波及。

此时紫眸女子正在心中埋怨自己："当时为什么不把他杀了？"

也难怪她有这样凶恶的想法。当时，她不知怎么就落到了那可恶小子的身上，想来应该有神秘力量暗中捣乱，自己也不便轻举妄动。只是理虽如此，现在回想自己当时真可谓落荒而逃，实在狼狈，也不知那个同样可恶的雪笛龙女，要在背后怎样嘲笑自己。

于是刹那之间，领域中所有的生灵都不约而同地感觉到，脚下大地正发出一阵恐怖的震动，他们赶紧朝中央望去，只见环绕魔主宝座的十二座山峰正一齐朝天边喷出火红的熔浆焰气。

一见十二峰火柱冲天，大家便都知道，小魔主今天又生气了……

第六章
夜半呼声，清绝荒路忧思

经过一晚纷争，小言再也无心多逗留，便叫上琼容和雪宜，一路沿着水泊渐多的方向行去。经过这么多时日的迁延，小言觉得也该把心思多放在寻访上清水精之事上了。

现在已经是六月出头，天气渐渐变得炎热起来。幸好他们一路上都沿着湖泊池塘行走，水汽充足，树荫浓密，路途也不是十分辛苦。

又过得几日，这天午后正在赶路，小言突然感觉有几点水滴到脸上，甚是清凉，正呼痛快时，淅淅沥沥的雨点从云端落下，没多久就把他三人的衣裳淋湿了。

在树荫下躲了一阵雨，千万条雨线在眼前不停歇地摇摆飘动，过不多时地上便积起许多水坑。眼前这雨忽大忽小，等了好一阵，却总不见有停歇的时候。于是小言便招呼一声，御起飞剑，朝远处房屋树木浓密之处飞去。

见堂主如此，雪宜、琼容二人也各自飘到空中，顶着漫天的雨雾，紧紧跟在小言身后。事先得了小言提醒，于是她二人都紧紧护住包裹，尽力不让包裹被雨水淋透。

转眼间便到了一处集镇边。来不及看清周围景况，小言便领着琼容和雪宜一头扎进了距镇口最近的一家客栈中。寻了两间客房,各换了干净衣物,三人便都聚到了小言房中。这些天来,时间大多花在路上,平时也没多少空闲,今天突如其来的这场雨水,正好让琼容和雪宜静下心来习文练字,补上多日落下的功课。

于是,对照着书册,听小言讲解一阵,琼容和雪宜便开始认认真真地誊写起新课文句来。

这时,千万点从天而落的雨滴打在窗前庭院里的芭蕉叶上,发出不徐不急的滴答之声。屋子里,琼容半趴在书案前,雪宜端坐在她旁边,都用各自惯用的姿态,认真地书写着文句。在雨声风声里,屋舍内竟显得格外静谧。

感觉出屋里的静寂,闲下来的小言信步踱到窗前。耳边听着雨打芭蕉之声,眼中瞧着雨点在院内水洼中溅起的朵朵水泡,小言一时倒有些出神。

过了一阵,不知不觉小言就想到了前几日晚上那场喧扰。随之自然又想起那晚那个紫发紫瞳的异貌女子。现在回想起来,小言又如何不知那场怪梦就是她在搞鬼。

"那紫发少女,会不会是什么惑人的山精野怪?"

想了一阵,小言便去瞧了瞧两个女孩,发现雪宜完成了练字功课,已经拿了针线到一边缝补他前些天被碎山石块弄破的衣服。刚刚完成的纸张字页,她已整整齐齐地叠成一摞放在桌案上,估计是刚才看自己出神,便没来打扰,就先到了旁边,自己则补缀衣物去了。

现在,法力不凡的梅花雪灵雪宜却如一个普通人家的女子,静静坐在窗旁的春凳上,借着窗外透来的光亮穿针走线。她与寻常并无二致的举手投足间,却似乎有着一种说不出的魔力,纤纤素手,轻盈飞舞,透出一种莫名的宁静与祥和。这样淑婉端娴的姿态,让小言也觉得心绪平和了不少。

又呆愣一阵,小言才又回过神来,朝那个还在习字的小丫头看去。这一瞧，小言才发现过了这好半天，琼容才写得寥寥两三张纸。小言心中奇怪，就过去稍稍翻了翻那几张纸，立即瞧出了其中的古怪。原来，古怪小丫头平素写字时好时坏，蟹爬字体与俊逸字迹大约是八二分，即使最近有了好转，也不过七三开而已。然而今天这些纸上的字，竟然都是灵动飘逸的飞白字体。

才略略一瞧，小言便知道了原委，反正闲着无聊，便要逗逗可爱的小姑娘。轻咳了两声，清清嗓子，小言便一本正经地对面前眨巴着眼睛的小妹妹说道："琼容，你才练得这几个字？虽然写得好，可是学到的字少。那就这样，虽然哥哥很饿，但还是来陪你，看你把这篇文章誊完，然后再一起去吃晚饭……"

此言一出，小言立即便看到案前正仰脸听自己说话的小丫头粉额上应声沁出几滴晶莹汗珠，小脸随之皱起，鼻头也揪成一团，正不知该说什么才好！

见她这副模样，小言不敢再继续逗她，须知自己才换了干衣服，万一琼容那晶莹泪水换个地方倾泻，自己就得去穿雪宜手中还没补好的衣物了。

想通此节，小言赶紧笑着告诉琼容，说其实自己也很喜欢看她原来那些图纹怪诞的字体，那些字，朴拙可爱，充满童趣，正是平常人学也学不来的"童化体"！

此言一出，已蓄势待哭的小姑娘脸上立即云消雾散。天真烂漫的小姑娘也不知掩饰，在堂主哥哥惊奇的目光中，立即凭空变出一大堆纸来，放到小言跟前，笑着说道："嘻！原来还以为哥哥不喜欢这么丑的字，琼容才藏起来的。既然哥哥这么喜欢，那以后我就天天写这样的字给你看！咦？哥哥你额头上怎么在滴水呀？"

两人这一番嬉闹，落在正做针线活的寇雪宜眼里，逗得她也不禁莞尔。

过了没多久，黄昏悄然而至。此时房中已点起几支蜡烛，小言便和琼容、雪宜一起，围着桌子开始吃客栈小厮送来的晚饭。虽然已是六月初，但下过这场绵绵雨水之后，屋舍中竟有些寒意。为了驱散这份清冷，小言叫来一壶米酒，兑上水给两个女孩每人斟上一小杯，自己则拿着酒盅一口一口地喝了起来。

酒至微醺时，耳畔听着滴滴答答的雨打蕉叶之声，眼中看着摇曳的烛光辉影里两个小口抿酒的女孩，不知怎么，小言仿佛已回到自家那间无比熟悉的茅屋中，耳边又回荡起那个银铃般的笑语声："小言，你的诗写得很不错呢！"

这样纯净的声音，仿佛仍在耳旁萦绕，只是不知道当年那晚之人，如今又在何处？

不知怎的，虽然曾有过"紫芝"之约，表明过同修道途的心迹，但每想起轻盈似水的如仙少女小盈，小言内心深处却总有一种说不出来由的悲伤哀愁。

平日中，这种暗藏的不安还不怎么显露，便连他自己也不怎么察觉，但经钩伤钓愁的水酒一引，这份深藏于内心的忧愁，便如同水落之后的礁石峥嵘显露，似滴不尽的檐前细雨，燃不完的案边垂泪烛，仿佛没有个尽头……

第二天，三人重又上路，一路上风平浪静，也没遇上什么出奇的事。这一日，小言正和雪宜、琼容在驿路中逍遥优游，不觉天色就已晚了。这时正是前不着村后不着店，小言不敢再和琼容接着逗笑，赶紧招呼一声，便要加快脚步，赶在日落之前寻到一个落脚之处。

谁知，天西头那个平日里慢悠悠落下的日头，今天却好像被拴上了一块大石头，扑通一下便沉到了西山之外，浓重的黑夜迅速降临在三人站立的这处郊野。

　　见此情景，小言无法，只好和雪宜、琼容提起百般精神，小心翼翼地沿着驿路朝前走。在乌云遮月、四处无光的黑野中摸索着走了小半个时辰，却忽然听到前面传来一阵呼救声！

　　一听到呼救声，小言赶紧极目朝声音传来之处看去。

　　原来在数十丈之外，有一个道装之人正在旷野中独行，只是行走间身形摇摇晃晃，如遭魔侵梦魇。一见这情形，小言立即一声清叱，瞬即运起旭耀煊华诀，朝那个被魇之人冲去，在他身后，琼容与雪宜也各出兵刃，紧紧相随。

　　三人这一番冲杀，气势煞是惊人，还没等浑身光焰闪动的小言奔到近处，就看到那个双目紧闭的道士一下子便委顿在地，一动不动。见他如此，小言赶紧跑过去，却发现恰在他走到近前之时，那个干瘦的老道已经醒来。

　　待他略略清醒了一些，小言一问才知，原来老道听说这处荒野中闹鬼，便过来准备整治鬼怪，好得些附近村民的赏钱。谁承想，还没等他动手，恍惚中便已被二物左右挟持，往来奔走不止，真是苦不堪言！直到被人救下，他才从好像没有尽头的狂奔中解脱出来。

　　把这尴尬晦气事说完，疲惫不堪的捉鬼道士，便扯住小言衣袖，说为了报答他们的救命之恩，一定要赠送几张自己精制的辟邪灵符。虽然这位道友盛情，但小言想了想，最后还是婉言谢绝了。

　　经过这一番折腾，转眼就已听到远处村落中雄鸡唱晓的啼鸣，再望望东边，看到东天里的云空已现出几分鱼肚白。看来，这位失魂落魄的道爷现在已经安全了。小言便客气地道了别，和琼容、雪宜重又踏上路途。

　　这一日，路过一处通衢大镇，中午时分小言和琼容、雪宜来到镇上聚福酒楼吃饭。一路下来，囊中盘缠已经所剩无几，小言便立意节省，只点了几个寻常素菜，要了三小碗粗米饭，都是些不费钱之物。

见他出手如此，负责招呼他们的店中伙计便有些变色。原本他见这三个年轻男女都气象不凡，便殷勤地将他们引到临街靠窗的座位坐下。只是待为首少年点过两三碟山野小菜，等了半天再无下文后，伙计便驱鸡赶鸭般将小言他们赶到厅内角落中胡乱坐下。

虽然店小二势利，但久经市井见惯炎凉的小言并不介意，只管与琼容、雪宜在厅内角落用食，倒也自得其乐。

吃了一阵子，小言偶有发现，便建议琼容、雪宜在青荠野蕨中加些桌上免费提供的芝麻盐，说能够大增菜肴鲜香之味，更能下饭。

听他建议，琼容、雪宜照做，尝过后琼容叫好不已。这小丫头又听堂主哥哥说，虽然芝麻蛮香，但美中不足的是混着那些细盐有点咸，于是立即眨了眨眼，也不知道作了什么法，就见那芝麻细盐互相混杂的作料陶罐中，立即飞出一道细线。

待以为自己眼花的四海堂堂主定睛再看时，发现面前食案上已堆了一小堆碎芝麻。然后琼容认真地将这堆纯粹的碎香芝麻分成三堆，只听三声细微的唰唰之声过后，三人碗中便各多了些下饭之物。

见琼容这样作为，已目睹过她许多回古怪小法术的小言，现在已有些见怪不怪，只是偷偷朝左右望望，见没人注意他们这边，便开始心安理得地享用起香喷喷的佐饭芝麻来。

就在小言三人忙活着对付眼前饭食之时，忽听地板震动，一阵脚步声响过后霎时奔入七八个衣着光鲜的食客。这行人声势浩大，小言听见响动便觑眼看去，只见五六位彪形大汉之外，为首一人竟是位眉目俊雅非常的白面公子，着一身华丽绸袍，头戴紫金冠，腰间佩剑丝穗飘摇，玉带上镶嵌的珠玉华光烁烁，被窗外射来的阳光一照，浑身上下的服饰交相辉映，映得整个人如玉面神人一般！

再仔细一看,这俊美公子只不过二十左右年纪,手中羽扇轻摇,举止温文尔雅,与旁边那几个凶神恶煞的劲装汉子正好形成鲜明对比。

青年公子如此挺拔俊美,看得小言忍不住在心中赞叹:"呀!想不到造化如此神奇,世上竟有这等妙人!"

小言赞叹一番,便不再去看,继续专心吃饭。琼容和雪宜也只是听见响声朝人群中望了望,便也埋头专心吃起饭来。现在这三人,正依着四海堂中往日用食的规矩,将那些米粒菜叶在口中细嚼慢咽,再也心无旁骛。这样的吃饭礼仪,正是由小言娘传授下,然后又由她儿子在四海堂中推广开的。

本来只是吃一顿饭,虽然小丫头忍不住做了些手脚,却也没什么出奇。只是,就在小言几人安心吃饭之时,旁边却有一人忍不住时时朝他们这里看来。

此人正是刚刚走进来的那个俊美公子。落座后不久,他便注意到了角落那桌正在用饭的三个年轻男女。这公子眼力不比常人,眼光才稍稍从雪宜、琼容脸上扫过,便一时再也不能移开!

痴痴看了一阵,这位公子竟也在心中赞叹道:"呀!想不到造化如此神奇,世上竟有这等妙人!"

这般想法,竟与刚才小言心中对他的评价几乎一字不差。

又呆呆看了一阵,这位俊雅公子忽然注意到琼容、雪宜二人正在享用的食物,立时眉头大皱:"呀!如此玉人,怎能吃这些粗陋的食物?!"

又愤愤看了一阵,等到那个瓷玉娃娃一般的女孩邀功般将吃得一粒米都不剩的陶碗给那个不懂怜香惜玉的无知少年看时,华服公子再也按捺不住,立时拂袖而起,径直朝那张僻静食桌奔去!

见他如此,那几个正在用饭的护卫如同事先约好一般,唰一下齐齐站起,追上小公子就朝那桌食客一齐逼去。

第七章
仙心梦月，悲欢五更啼血

"你们这是要干什么？"小言忽见被人团团围住，顿时大吃一惊，立即长身而起，又见这些包围之人竟个个携刀挎剑，小言眉毛一挑，一伸手就将背后铁剑拔出握在手中，高声喝道："你们是什么人？为何要来寻衅？"

此时琼容、雪宜也迅疾站起，将堂主背后紧紧护住。面对这一群不速之客，琼容脸上更是一副好斗神色，正是跃跃欲试。见他们这副剑拔弩张的模样，聚福楼中其他食客伙计顿时乱作一团。此刻小言心中却忍不住想："这些人大动干戈，不会是为了刚才琼容那点芝麻的事吧？奇怪，他们来得挺晚，又咋会发现？"

正在胡思乱想之时，却见眼前这位丰神如玉的年轻公子挥退手下，然后一拱手，微微一笑："小兄弟你误会了。今日我并非前来寻衅，还请你少安毋躁！"

听他这般说话，聚福楼中众人愣了一下，便都松了口气，重又恢复常态，各忙各的去了。

听他这样说，小言也还剑入鞘，摆了摆手，让雪宜、琼容重新坐下，然后微笑还礼，问道："那不知公子前来有何赐教？"

虽然这位俊美的年轻公子来到近前，无形中一股气势逼人而来，但小言已今非昔比，见识过不少神样人物，此刻在如此举世无双的俊雅仪容前倒没怎么手足无措，仍是对答如常。

见他如此，俊俏公子倒是一愣："看来兄台也非寻常人物，却不知为何做出如此事来？"

"呃？什么如此事？此话从何说起？"

见眼前小言惊疑不定，这位公子哈哈一笑，然后正色说道："看兄台样貌气度，也非悭吝刻薄之人，却为何忍心让这两个仙子样的女孩，吃这样粗陋的食物？"

听他这么一说，小言倒有些哭笑不得。如此气势汹汹而来，原来只因为别人吃得不好。

其实对于小言他们几人，特别是琼容、雪宜而言，虽还未能像仙人那样吸风饮露，却也只需尝些山中果露便可过活，对菜肴好坏倒没太多讲究。只不过小言现在对这点也甚是懵懂，此刻只是苦笑着回答这位路见不平的公子："不瞒公子说，只吃这些菜蔬，实是因为囊中羞涩，已点不起贵重菜肴……"

听他这么一说，显是高门贵族的年轻公子微微一笑，手一挥，便从袖中滚落一锭大银，直落到雪宜、琼容二人面前的桌案上，然后他雍容一笑，对小言说道："观阁下气度，也非庸人，以后切不可再游手好闲，委屈了这两位仙子般的姑娘。今日我且先助你五两银子，日后你可替我做事，本公子定不会屈了阁下之才。今日我还有事，不便多留，我们后会有期。"

说罢，不待小言回话，这位华服公子竟是一挥手，已领着手下人飘然而去。张堂主追赶不及，只好捧着这锭赠银，透着窗户目送街道中这些人上马挥鞭而去。在一片溅起的烟尘中，正是人如玉，马如龙。

呆呆看了一阵,小言才回过神来,喃喃自语道:"白受了这人银两,却还不知他名姓……"

他这话只是自语,谁料话音未落,旁边竟是一阵哗然。那些食客一片啧啧称奇,只管喧嚷道:"这世上还真有不知无双公子之人!"

听得这番言语,小言自然要向周围食客请教"无双公子"究竟是何人。

受了些异样眼光,他才得知刚才与他近在咫尺说话的青年,正是当今天下几与倾城公主齐名的无双公子。

这位无双公子自幼便文采出众,在京城颇有神童之誉,得了当今圣上皇弟昌宜侯的赏识,被收为义子,更在十八岁时就被破格举荐为郁林郡太守,短短两三年便将合郡治理得井井有条,博得远近煊赫的声名,正是其时天下第一等少年得意之人。

而如今——据周围食客的说法——小言他们今日有幸搭上无双公子的边,真是祖宗坟头上冒青烟,以后出人头地就指日可待了!

听众人七嘴八舌地说完,小言便在一片艳羡的目光中回到琼容、雪宜身边。掂了掂手中这锭沉甸甸的银子,小言小心收好,然后对二人说道:"这锭银子我先收着,以后有机会,咱一定要报这位无双公子赠银之恩。"

此刻小言并不知日后他会与这位萍水相逢的无双公子有怎样的纠葛;而他更无从知道,他们走后,负责招呼他们的伙计竟遭了掌柜一顿训斥,原因是老板发现,粗心的小伙计竟在他们桌上摆了两罐盐!小伙计欲哭无泪……

再说小言,怀里揣着实在推脱不掉的五两赠银,高高兴兴地与琼容、雪宜往西北而行。只是,这几个开开心心的少男少女并不知道,就在他们头顶天穹上,那朵还未散去的最后一片乌紫云团中,有一人正在偷偷窥视。长发如映水紫霞的云中魔女,现在正心念急转:"当务之急,就是得想个办法不让那条小龙继续得意!"一想到四渎龙女那讨厌的得意笑容,自魔峰而来的小魔女便很是生气。

默默朝下面看了一阵,小魔女突然灵机一动,似乎受了某种启发。于是,她默运魔功,瞬间便有一圈肉眼几不可辨的淡淡紫光从云中闪落,倏然没入正在地上行走的清雅女孩雪宜身体中。如梅雪一样清冷柔静的雪宜立时若有所思,在堂主身后略停了停脚步,才又跟了上去。

见如此,云中魔女一脸得意:"嘻!这么一来,就有好戏看了!"

掩嘴偷乐一阵,又忍不住叹了口气,幽幽说道:"唉,为了不让那条小龙高兴,真是难为我了……"

说完,损人不利己的小魔女便催动云驾,径自回魔宫去了。

所有这一切,地上无辜的小言都毫不知情。

路走得长了,有些疲惫,天色也不早了,于是等他们赶到一座繁华大镇上,小言便寻了一家门面较大的客栈住下。

在这家名为悦来的客栈中,小言要了后院两间带庭园的上等客房。刚在客房中安顿下,暮色便已经降临。

沐浴过后,雪宜聚拢了三人换下的衣物,去寻水源濯浣。小言则在小院中闲踱,与琼容妹妹看了会儿月色,给她又讲了讲那次山崖前她长大的故事,待琼容心满意足之后,便好生哄着这个黏人的小妹妹回她自个儿屋中睡下。

送回琼容,回到自己房中,小言略略练了一阵炼神化虚之法,将太清阳和之气运行了几周天,感觉一阵睡意袭来,也就脱衣上榻安睡了。

这时,夏月正明,如银的月华透窗而过,将流水般的光辉洒在竹榻少年身上。

舒展地躺在清凉竹榻上,小言似乎头一回感到如此轻松。慢慢地,眼前的月光如水波般荡漾，自己与屋顶之间的光影，逐渐模糊起来……

咦？这是哪儿？周围怎么一片银白？刚下过雪吗？怎么记得，现在好像还是夏天？难道是自己这几天太累，记错了？

原来小言发现，自己已忽然置身于一片冰雪晶莹的山野之中，举目四望，到处都是白茫茫一片。

"唉，早知道今天下雪，衣服应该穿不止一件。"

小言心中这样浑浑噩噩地想着。仿佛不用低头，他就已看到自己身上穿着的那件单薄夏衣。又望了望四周，他在心中忍不住想道："不错，下雪了，天气就没那么热了。"

只是，虽然清凉了许多，但周围白雪皑皑，无边无涯，景物似乎有些单调。

正这么想着，鼻中就嗅到一阵沁人心脾的清香。转头一看，发现不远处，正巧有一片梅林，枝头正绽放着无数淡黄的梅朵，花影玲珑，清香旖旎。在宛若月华碎剪的琼林前，静静立着一位柔俏的女子，素裳珠襦，长裙曳地，袅袅立于梅风之中，拈花不语，淡如仙子。

"她是……"

待凝目看到那位梅花仙子的面容，小言心道："呀！没想我在这古怪之梦中竟见到了雪宜……"

映雪月华中看得分明，缤纷梅树前那个神光静穆的窈窕女子，正是四海堂中以婢女自居的寇雪宜。

有了上回入梦的经验，灵台清明的小言，便准备硬生生从梦中醒来。只是，待看清雪宜眼眸中的哀婉神色，小言一时竟不忍心就此离梦而去。于是，不知不觉中，他已经抬脚向那片梅树林走去……

自他举步之时，天宇中忽然降下千万朵晶莹的雪花，向大地纷纷扬扬地

飘落,却又让人觉不出半点寒凉。

"堂主……"

"雪宜,你有什么心事吗?看你并不像日间那般平静。"小言说着就想拍一拍雪宜肩膀,安慰一下她。

手刚一碰到雪宜肩膀,两人便直往天空飞去。转瞬之间,那片飘香戴雪的黄梅花海便已到了二人脚下。东边天上,一轮硕大的圆月如银盘般悬挂,照着脚下这片无边无际的香雪梅林。清幽的月轮,如此巨大,仿佛就在自己身旁,一伸手便可够着,下映无边花海的天穹,纤尘不染,纯净如蓝。

这时候,素雪纷飘,天地寂寥,无数朵梅花在二人身后一路飘摇,宛如雪月的辉芒、流星的彗尾。他们身畔又有流光点点,五彩纷华,如飞月流光斩的光轮,又似圣碧璇灵杖的花影。突然间四处飞舞的五彩流光,倏然已汇聚凝结成唯一的颜色—— 一点鲜血一般的猩红,忽然间在小言眼前飞速扩大,不一会儿便将他身旁整个天地遮盖。极天无地,小言看不到任何景物,眼前只剩下一片触目惊心的血红……

"呀!"小言猛然从榻上坐起。

过得许久,小言才从睡梦中完全清醒过来,他披衣起床,伫立窗前,见到明月皎洁,照在小院中如积水般空明。

"哦,刚才又只是一梦。"

见一切依旧,小言返回榻上,倒头重新睡下。只是,过了一阵,只觉得竹簟如冰,无论怎么静心凝神都睡不着。于是他重又起来,回到窗前赏月。默默伫立一阵,回想方才梦中情景,反身来到案前,点起半截蜡烛,润墨提笔,在客店预备的素白绢纸上落笔挥毫:

梅蕊好,

冰雪出烟尘。

袅袅孤芳尘外色,

盈盈一朵掌中春。

只少似花人……

刚写到这一句,兴致勃勃的小言却突然停笔,看着这最后一句,目光呆滞,竟如疯魔。

"只少似花人……只少似花人……"他口中反复咀嚼这一句,不知为何,突然就有一股说不出来的苦闷悲愁,如潮水般涌上心头。

正自悒悒不乐,过得片刻,小言惕然而惊,似突然得了某种神秘的启示,有一句诗文,不待自己思索,便冲上心头。仿佛被鬼神牵引,他不由自主地便在雪白绢纸上将它写了下来。等回过神,小言再看宛如孽龙一般游动的黑色字体,写的正是:一点梅花魄,十万朱颜血!

看着如诅咒一般的词句,素来洒脱的小言悚然而惊,没来由地便悲从中来,愤懑填膺。

等又过了一阵,被窗外凉风一吹,小言才重新醒过神来。这时他才发现自己手中的狼毫竹笔,不知何时已被捏得粉碎。案上那方黑石砚台,也已不见,等低头寻时,发现已在地上碎成两半。

"嗯,也许清夜寒凉,容易心神不宁……雪宜?"

正在自我解嘲,无意中朝门扉处看去,却发现不知什么时候,隔壁听到响动的雪宜已经立在门前。

见到这张清俏的面容,愣怔片刻,小言才又恢复了往日的灵动,手忙脚乱地去遮案上的字句。那个颀立门扉之处的清雅女子,却仿佛没看到他的窘迫,只是在门畔柔柔地道歉:"堂主,对不起。雪宜刚才只是想试试神人刚刚传授的入梦仙法,却不料搅扰了堂主的清梦……"

"原来……那真的是你!"

听她这么一说,小言大讶,不过如果她只是来道歉,那倒还好。只是,正当他想要说"没关系"时,却听到一阵低柔的声音悠悠传来:"刚才听堂主念诗,'一点梅花魄,十万朱颜血'……雪宜却要和——'若得山花插满头,莫问奴归处'。"

小言闻言惨然,正要答话,却见月光中清冷素裳的雪宜声音颤抖着说道:"雪宜,和堂主、琼容在一起,觉得很好。"

和着幽幽窅窅的话,那支一直摇曳的红烛,终于燃尽,烛泪流离之时,满屋只剩下清冷的月华。

正是:

寒蕊梢头春色阑。

风满千山,雪满千山。

杜鹃啼血五更残。

花不禁寒,人不禁寒。

离合悲欢事几般?

离有悲欢,合有悲欢。

第八章
古灵精怪，思倚天之绝壁

后半夜，渐渐沥沥下起了小雨。清旅之人，渐渐困倚，慢慢就只听得清风敲窗、雨打碧竹之声。

到了第二天早上，等张小言醒来，再到旅店院中时，发现已是薄雾依稀，日光分明。院里泥地上只是微微湿润，已看不出昨夜还下过一场雨。只有粉白墙垣处扶疏的竹影，显得分外翠绿碧洁。

这时，天光已经大亮，隐隐可以听到旅店外街道上商家的叫卖声、行人走动的招呼声。呼吸之间，又闻到旅店厨房中松木柴烧燃传来的阵阵清香。似乎眼前所有这一切，仍是那样普通平凡，身边所有的生灵，也仍按照各自预定的生活轨迹，悠然前行。

虽然眼前的凡俗平淡无奇，但经历过一晚幻梦的小言再听到坊间熟悉的叫卖，闻到松炭熟悉的清香，心中却充满了一种莫名的感激之情。

正在院中悠然踱步，小言却忽看到那个惯常睡懒觉的小丫头，现在竟穿戴整齐，正隐在院角一处石头神龛前玩耍。

"咦？今日琼容倒起得挺早。早早的，一个人在玩什么呢？"

看到琼容早起，小言有些好奇，便走过去观看。只是，待他走得近些，却发现有些古怪。原来小丫头正在石瓮那挤眉弄眼,时而瞪大眼睛,时而皱起鼻头,时而嘟起小嘴,不知在干什么。

一见这情景,小言赶紧走过去,关切地问道:"琼容妹妹,是不是肚子痛?"

一听他问话,正忙活着皱眉瞪眼的琼容便停了下来,思考一阵,然后有些奇怪地说道:"哥哥,我肚子不痛啊。"

"呃……那为什么看你脸上的样子,好像很难受?"

听他这么一说,表情严肃的小丫头立即展开笑颜,朝自己的堂主哥哥甜甜一笑道:"不是的,哥哥,其实琼容正在练习生气呢!"

"练习生气?"听她这话说得古怪,小言大为好奇,赶紧追问原委。一问之下,才知道这事的根源,居然还在自己身上。

原来,上回琼容被那个最后灰飞烟灭的崆岈老祖施展邪法,竟真遂了她的心愿,长大成了一个神幻瑰丽的大姑娘,虽然前后时间短暂,其间事件惊心动魄,但事后这还是成了琼容最喜欢听的故事,几乎每天都要缠着小言讲上两三回。

小言哥哥讲故事绘声绘色,很能让人开心,唯一不太好的地方就是,每当琼容喜滋滋地说那个好看的大姐姐就是自己时,小言便要实心眼地给她认真分析,说那个大姐姐应该是山间神灵附身后变幻而来。

琼容早就想着自己所有事情都应该听哥哥的,唯独这一点,她委实做不到。只是,虽然不赞同哥哥的观点,觉得这时自己应该生气,但努力试了几次,小丫头却郁闷地发现,自己竟不知道如何对堂主哥哥扮出生气的样子。于是今天早上,她便早早起来,到装了面铜镜的石瓮前,努力练习生气的模样。

听了琼容这番话,小言却是哭笑不得,当即便道:"琼容啊,既然这样,你也不必费力演练,哥哥以后不说那是山神附身便是。"

听他这一承诺,小姑娘却叫了起来:"不要啊,哥哥!那琼容不是白练了一个早上?"

"……"就在小言不知该如何回答时,正出房门的娴婉女子雪宜看他俩这样,不禁倚门而笑。

瞥见雪宜姐姐也起来了,琼容却突然有些奇怪地问道:"雪宜姐姐,你昨天夜里到哪儿去了?"

不等雪宜回答,古灵精怪的小丫头又接着说道:"哥哥,雪宜姐姐,昨晚我又做了一个怪梦,看到喷火的高山,还有很深的大河,黑洞洞看不到底!"

听她这么一说,小言倒不怎么在意,只随口问道:"琼容,这梦你不是已经做过很多次了吗?"

"但这次不一样。"听哥哥发问,琼容便歪着头仔细回想了一下梦中的情景,然后带着几分兴奋的认真说道,"昨晚梦里,琼容已经能飞起来了!我梦见背着哥哥,飞过那些黑水大河,飞过喷火的高山,一直朝前飞……只是,哥哥昨晚到我梦里了,我却没看见雪宜姐姐!"

若是在往日,听了琼容夹缠不清的梦语,小言只会置之一笑,最多也只是打趣几句,但是这一次,他脸上浮现的那几分琼容期待的笑颜,却显得有些勉强。

默然无语,思量片刻,小言便觉得自己已有几分着相,竟为这些虚无缥缈的梦幻之事所迷,自嘲一笑后,他便决定还是顺其自然。若真有事,到时也未必无化解之法。

于是这一天,放宽了心怀的张堂主,并未急着带琼容二人上路,而是去集市闲逛,品尝镇上特色小吃,挑拣合适的首饰衣物。

大约半晌之后,小言立在一个售卖自制细小银饰的货摊前,饶有兴趣地看着琼容和雪宜在摊前翻拣。看着姊妹俩不停地交头接耳，交换意见，小言再想想刚才的一路闲逛，突然发现，自己现在对讨价还价之事，竟渐渐没了兴趣。嗯，一定是因为自己的道家修为又进了一步。

自认有些得道的小言沾沾自喜，心情大好，便也弯腰去摊上替二人寻看首饰，最终帮琼容挑选了一对银洁小巧的耳坠。

这日下午，出了集镇，小言几人便往西北而行。因为他们在镇上打听到，西北方向上的郁林郡境内湖泊连片，河渠纵横。水汽充足之地，说不定便是上清宫走失的水精藏身之处。

一路迤逦，逐渐便不见了人烟，四周只剩下翠碧葱茏的树木，越过蓬蓬如盖的连片树冠，可依稀眺得远处连绵起伏的青苍山麓。

又走得一阵，脚下的驿路也渐渐变得坎坷狭窄起来。不多时，小言一行三人便来到一处险要的所在。

脚下这条狭窄土道，一头扎进两座对合的山峰，夹路的山峰断崖，恰如刀削斧砍，傲然耸立，在小言几人身上投下巨大的阴影。两座绝壁，就如两个巨硕的门神，正冷冷看着脚下这几个渺小的行人。

见到这样险峻的山关，小言立时收起观景之心，招呼琼容、雪宜小心前行。要知道，如此险要的所在，正是那些山贼动手劫掠的最好地段。

正警惕着前行，果不其然，才走了十数丈，便听得琼容叫了一声："你们看，那边有两个花脸大叔！"

小言闻言一惊，赶紧顺着琼容手指的方向看去，只见道边一丛不起眼的草窠中，正坐着两个灰炭涂面之人，手旁各一把钢刀，寒光闪烁。

瞧他们那副鲜明打扮，这世上便也只有琼容才不知他们正是那专做无本买卖的劫匪。只不过，见了这俩劫道匪贼，小言却不如何害怕。他心中寻思着，自己经过这么多月勤修苦练，应该已用不着惧怕这些寻常小贼了。

在小言打量之时，那两名正在道边闲聊的山匪听得有人叫破行藏，少不得应承一下，起身掸掸身上的草叶灰尘，拿起钢刀，喊叫一声跳出草窠，对着小言三人便念起那劫路咒："哎！此山是我开，此树是我栽。要从此路过，留下买路财。"

听得山匪放狠话，小言不但一点都不惊慌，还有余暇在心中胡思乱想："奇怪，怎么这匪话说得一点都不精神？这怎么能吓得住人呢？"

正思忖着，还没来得及答话，却听琼容已抢先回答。只听小丫头闻言惊呼一声："哇，两位大叔法力好高！原来这两座山是你们劈开的，还晓得帮忙植树！"

此话一出，二匪面面相觑，不知该如何回答。

正踌躇时，却见眼前粉玉一样可爱的女孩又拍着手欢叫道："跟着哥哥练字学文，琼容最近也会作诗了！虽然没雪宜姐姐作得好，可我还是想把自己刚和的一首诗念一下！"

说到此处，也不待对方答言，琼容便用雏莺出谷般脆嫩的嗓音，开始抑扬顿挫地念起自己的和诗："此树、是我攀，此路、是我看。要从此路过，留下你盘缠！"

等琼容将这首凶狠劫道的"和诗"唱歌般诵完，她的启蒙塾师张小言便赶紧赞这诗音节通畅，鼓励她以后还要再接再厉。

见他俩这样，那俩山匪倒有些吃不准了。两人互相看了一眼后，便见其中一人竟拱了拱手，客气地说道："我俩不为难读书人。呃，其实我兄弟二人并非山贼，只不过在这看看山景罢了。"

说完，他二人竟收起钢刀，重又去旁边草丛中闲聊去了。见情形古怪，小言一时倒也不知他们这话到底是真是假，只好带着琼容、雪宜穿过山崖，继续前行。

正悻悻走时，回想起方才的情形，小言却觉得这事总有些不对劲。

山中匪贼行的是图财害命之事，入这道的向来都是穷凶极恶之徒，什么劫富济贫都是幌子，又怎会如此好说话，会因他们是"读书人"而有所取舍？

再回想方才他们那一番懒洋洋的行径，似乎心不在焉，根本就没什么心思抢劫。想至此处，小言更是满腹犹疑："奇怪，世上怎会有这样的劫匪？还是他们眼光不错，看出我们几个并非善茬？或者只是因为他们饿了几天，以致说话无力，不敢寻衅？"

就在小言胡思乱想之时，却忽听得一阵哒哒的急促马蹄声。转眼之间，就见前面道路上奔来一匹快马，马上骑行的兵丁正扬鞭催马向这边而来。还没等小言听清那句"官家办事、闪开闪开"的急喝，一人一马已从他们身边一瞬而过，奔到身后十多丈处。

"何事如此紧急？"见到这副急赶的模样，小言心中大为疑惑。

就在此时，一声唳溜溜凄厉的马嘶从刚才经过的那处对合山崖后清楚传来！

第九章
天网恢恢，掀一角以漏鱼

听到惨厉的马嘶，原本有些踌躇不前的小言立即飞剑出鞘，如一道闪电般御剑飞回来处。

刚到那处山关，便看到先前的快马已经摔在道旁，压倒一大片灌木，四只蹄足不停淌血。那两个原本懒洋洋的劫匪现在却变得勇悍无比，各舞钢刀朝那个落马兵丁凶猛杀去。

一看眼前战局，小言便知双方胜负。那个灰头土脸的兵丁，虽然动作灵活，但手上功夫显然没他的骑术好，现在靠着一条哨棍拼命招架，已是左支右绌，眼看就要丧命在那两个发狠的山贼刀下。

见到这一情景，原本就疑窦重重的小言立即挥剑飞身上前，加入战团。

此时小言的功力，又岂是寻常江湖好手可比的。那两个眼看就要得手的山贼才瞥到一道人影逼近，还没来得及反应，便觉得手底一阵痛麻，然后当当两声响，手中钢刀已被磕得脱手飞出。

其中一个花面山匪还没顾得上吃惊，便已觉着脖项一阵寒凉。转眼工夫，先前那个不起眼的过路少年，已将那把长铁剑恰到好处地逼在他的脖项之上。另一个山匪立时也不敢轻举妄动。

"说，是谁让你们这么做的？"

再去看时，原本面容平和的少年，现在却是一副凌厉神色，显得无比威严。

见了这仗阵，又是性命攸关，被剑架脖颈之人立即软了下来，摆出一脸可怜相拼命讨饶："小侠饶命！小侠饶命！我兄弟俩也是为生活所迫，才做这样无本生意！"

他的兄弟赶紧附和："我大哥所说句句属实！小英雄这回就放过我兄弟俩吧，我们保证今后改邪归正，都回家老老实实种田过活！"

看着他俩突然变成这熊包样，四海堂堂主张小言冷冷乜斜着他俩，口中吐出两字："真的？"

一听这话不善，这两人着了忙，赶紧忙不迭地一连声求饶。

正在这时，那个得救的兵丁却突然大叫起来："原来、原来都是你们！先前那些兄弟，原来都是你们害的！"

一听这话，小言赶紧问他是怎么回事。这时琼容和雪宜两人也赶了回来，各出兵刃替下堂主，将匪徒治住。看到琼容、雪宜将发簪化为绚丽兵刃的手段，俩山贼顿时一脸死灰。

不提他们心中惊异，再说兵丁听小言相问，便一脸悲愤地将前因后果说给他听。

原来，就在半个多月前，原本风调雨顺的郁林郡境内九县竟全都遭了蝗灾。飞蝗所到之处，遮天蔽日，将田地里正待收割的庄稼祸害得一片狼藉，几乎颗粒无存。

雪上加霜的是，因为去年光景好，粮商又出了不错的价格，大多数庄户人家都将粮米卖给了米店，各户家中存粮都不多，堪堪只够吃到新米收获时。

于是，这一场不早不晚的蝗灾，顿时把郁林郡的老百姓全都拖入了深渊。虽然太守白世俊白大人下令郡中各县开官仓赈济灾民，但因库中存粮本就不多，还要保证军粮供应，因此对于全郡灾民来说，这些救济只是杯水车薪。最后大多数灾民为了活命，还得向粮商高价买回自己年前售出的米粮。

面对这样的窘况，白太守便命郡都尉派出兵丁向相邻郡县求援，以图缓解当前困局。谁知，前后等了十数日，分几路派出好几批递文兵丁，竟全都杳无音信。

说到此处，小言眼前这个逃过一劫的兵丁便盯着那俩山贼咬牙切齿道："现在我老刘知道了，先前那些兄弟，怕都是被这些贼子给害了！"

说罢，满腔怒火的兵丁举起哨棍就要向眼前的贼人砸下。

见他如此举动，小言赶紧挥剑挡下，劝道："刘大哥不必焦急，这事我总觉得有些古怪，还是先问清楚为好。"

听他这么一说，姓刘的兵丁也冷静了下来，收棍施礼道："全凭少侠吩咐！"

见他平静了，小言便转向那两个贼人，摆出一副凶狠模样，虎着脸喝道："你这俩贼徒，犯下杀官兵之事，还敢跟小爷打马虎眼？！快说！到底是谁主使你等干这伤天害理之事的？若是还敢装糊涂，休怪你家小爷铁剑无情！"

装出恶相喝斥完，再瞧两个贼人的反应，小言才知这俩不法之徒绝非善茬。兵刃临身之际，听他一番恐吓，这两人竟还敢作出一副苦相，满嘴只顾求饶，前后不曾说得一句真话。

见这俩贼人死硬，小言心中忖道："此事事关重大，定有隐情，我可不能心慈手软。"

打定主意，继续恐吓几句仍无效果，小言便施出龙宫密咒冰心结，拿捏着法力火候，意图将这二人慢慢冻僵。想来到那身体不能承受之时，他俩差不多就该口吐实言了。

说起来，小言这主意打得不错。但谁知，这俩武功了得的贼人，竟是出奇的硬气。身受彻骨剧寒，他二人已知今日自己在这三个少年男女面前，是绝对逃不过去了。当即，两人相视一眼，不待小言反应过来，年长的汉子蓦然出手，全力打出一掌，重重拍在他兄弟胸口上，立时将身旁之人打得口喷鲜血，眼见已是活不成了。紧接着，他一低头，狠力一头撞向琼容高举的那把朱雀神刃。在脖项被浴火神兵洞穿之时，已被小言法术冻得脸色铁青的年长汉子牙关上下相击着颤声说了句："暖和、暖和！"然后便一头栽倒在地，当场殒命。

见此异变，在场几人顿时目瞪口呆。这么一来，便再也不能知道他们隐藏在心底的秘密了。

叹了口气，小言连尸体也懒得去搜，便请那个仍不清楚发生了何事的琼容凭空弄出一个熊熊火场，将这两人的尸体当场火化了。想来，这两人做事如此决绝，身上绝不会带任何泄漏身份的物件。

等两个凶狠贼徒灰飞烟灭，那个报信的兵丁才如梦方醒。又怔怔愣了半晌，才憋出一句话来："他、他们到底是什么人？会起坏心害我们一郡军民……"

听他这么一说，小言倒忽然想起一事，便问道："刘大哥，我却有一事不明，为何一定要等你们输送公文，邻郡才肯相救？我就不信这半个多月间，就无灾民流落到邻县。"

听小言发问，刘姓的兵丁苦笑一声，答道："小英雄有所不知。虽然已有许多灾民流落邻县，但如果没有正式公文，没有我家太守威名压着，那些相邻郡县官府绝不肯救济灾粮。"

"这是为何?"

"这是因为这回我们郡的蝗灾来得实在突然,那些邻县的老爷个个害怕,都要囤粮防着自家郡县也遭天灾。所以这样一来,如果没有我家太守的正式公文,那些大老爷绝不肯救援。"

许是这在郁林郡已形成共识,送信兵丁说这话时,竟没有一丝义愤,只是一脸的苦笑。

见得如此,小言也就不再多问,只让他早些上路去往邻郡求助。见他马匹受伤,小言便跟雪宜、琼容交代了两句,然后拽住报信兵丁的腰带御剑而起,将他送到最近镇上的驿站。

见他如此手段,到得驿站后这个兵丁自然又惊又喜,不住声地称谢。

临别之时,小言又顺道问了一下他家声名远播的太守大人到底是谁,听完对方恭敬的回答后,才知郁林郡太守原来就是几天前对他有赠银之恩的无双公子。

告别千恩万谢的兵丁,于御剑之道一直没啥突破的四海堂堂主便一路半御剑半奔跑,过了半个多时辰才终于回到那个险要山关处,与琼容二人会合。

这日傍晚,他们三人来到郁林郡一处县治郁平县。

刚进县城,还没等看清城中面貌,天就已经黑了。

本来,若是往日路途,哪怕是小小的集镇,入夜后街边也会灯火明亮。谁知今日身边这偌大一座郁平县城,竟几乎没有一丝灯光。沿街走了好远,都不见街边民户有哪家点起灯火。他们三人就在晦暗的街边借着月光前行,一路上几乎遇不到什么行人。宽阔的街道中,一片寂静,朦胧的月辉中只能听到自己的脚步声。

整个郁平县城的房舍街道都沉浸在一种不寻常的静谧中。

身边街景如此死气沉沉，竟惹得琼容认真地分析起来，说这地方可能在闹鬼。

听了这天真的话语，再看看小姑娘左顾右盼警惕的模样，小言却叹了口气。他知道，这般死一样的沉寂，正是地方上遭灾的征兆。郁平县大部分居民已经连灯油钱都要节省了。

借着朦胧的星月之光，小言好不容易找到一家客栈住下。到了房中，他们被旅店伙计告知，因为店中要节省开支，两间客房只能发一支蜡烛。虽然这规矩不近人情，但看看店掌柜愁云惨淡的面容，小言也不好跟他计较。

于是，闲着无事的三人，在睡意来临之前，便全都挤在小言屋里围桌而坐，盯着桌上那支火苗跳动的蜡烛出神。

清夜寂寥，不闻人语，烛影摇曳，为三人在四壁投下动荡的暗影。

这样呆呆愣了一会儿，正在百无聊赖之时，琼容忽然开口，说她想念那个喜欢捏她脸蛋儿的龙女姐姐了。于是，也有同样想法的小言便爽快地接受了她的建议，取出珍藏在怀中的玉莲荷苞，让它在一盆清水中冉冉开放。

烛光中的小龙女，又与往日尊贵中略带俏黠不同。此刻浣水而出的灵漪儿，云鬟分梳，薄如蝉翅，娥眉约秀，淡如春山。立于室中，钗横袖鞢，风华流丽，宛如浴水而出的粉莲花。待见到面前三人，俏公主粉靥生涡，将笑未笑，樱唇微绽，似语非语，说不出的柔美静穆，神光离合。

小言心中不禁暗想："这、这还是当年那个和自己一起在鄱阳酒楼中喝酒谈诗的小姑娘吗？"

有了灵漪儿的加入，屋子里顿时热闹起来。久别重逢，小言自然要跟她讲述一路来的惊心动魄之事。在他绘声绘色的讲述下，眼界广博如灵漪儿，也被说得如同身临其境，每到紧要关头，听得小言遇险，便忍不住掩口惊呼。等整个故事讲完，四渎龙女灵漪儿才终于松了一口气："呼！好险！"

这场精彩的故事讲述开始后，却有一人闷闷不乐，此人正是琼容。这丫头正有些郁闷，因为好看的灵漪儿姐姐今天竟忘了来捏她可爱的脸蛋，而她自己又不好意思开口提醒。

当然，对于琼容来说，这样的不开心并不能持续多久，过了没多一会儿，她便被哥哥正在讲述的故事完全吸引住了。琼容这时已忘了那事是自己亲身经历，当小言说到危险处，她也跟着灵漪儿姐姐一起惊呼，急切地想知道自己后来到底有没有被那个千年老怪杀掉！

待小言讲完，屋中便又暂时陷入沉默。刚说完一场胜事的小言，清俊的脸上神采飞扬，在烛光映照下正泛着几分奇特的光彩。看到小言此刻这样儒雅逍遥的模样，素来大方的灵漪儿不禁感慨万千。

正在感慨之时，灵漪儿忽然于空明之中听到一丝异样的声响，又侧耳倾听一阵，她转向那个正巴巴看着自己的琼容展颜笑道："琼容小妹妹，要不要看姐姐给你变个戏法儿？"

"要啊要啊！"喜欢玩闹的小姑娘自然拍手赞成。小言也不反对，便和琼容、雪宜一道好奇地盯着灵漪儿，看她如何变戏法。

在四海堂三人关注的目光中，只见灵漪儿取过三支竹筹，平行着摆在桌上，又轻抬素手，在眼前微微吁了口气，便见在一片烛光红影里，灵漪儿玉手中已凭空幻出一个晶莹闪亮之物，五官四肢俱全，看得出是个人形模样。

这个冰光闪烁的小人一待生成，不等召唤，便从灵漪儿手中跳到桌上，立在一支竹筹前，开始努力往前蹦跳，转眼便跳过三支竹筹。只是，等他跳过第三支竹筹时，灵漪儿又顺次将他之前跳过的竹筹不停地重新摆在他前面，周而复始，竟引得这倔强的小冰人顺着永无止境的障碍，在桌上绕着跳了四五圈！

看着眼前可爱的小冰人笨拙地跳过竹筹，琼容不禁乐得跳了起来，拍手嬉笑,替那个有灵性的小冰人不停加油。

见她如此,灵漪儿也笑得如春花绽放,问道:"好玩吗?"

"好玩!"琼容拍手欢笑。

"还有更好玩的呢!"在小丫头期待的目光中,灵漪儿眼眸里神光一瞬,然后便起身走到门边,呼一下拉开屋门。

见她突然这样,小言不明所以。正要问她时,却听得院中嗵一声闷响,似乎有什么重物摔倒在地。

听见这等异响,小言也赶紧走到门边。等他朝院中一望后,却忍不住倒吸了一口冷气!

第十章
明月多情，清光长照人眠

"咦？那儿怎么有人睡在地上？"

琼容从灵漪儿和小言之间探出脑袋，看清院中情景，忍不住叫出声来。

原来，在一片朦胧月辉中，小院的白石地上正躺着一个黑衣人，身材精悍，黑巾蒙面，一看便知不是好人。

"应该是来客栈中浑水摸鱼的宵小吧。"

虽然一眼看出这人身份，但小言觉得奇怪的是，这位梁上君子，现在竟四仰八叉，大大咧咧躺在地上，大口喘着粗气，似乎丝毫不怕别人看破行踪。

见到这一情形，小言觉着实在匪夷所思。若按他的经验，做这种不尴不尬之事，首要一条便是隐蔽身形，提防着不让别人发现。比如他当年在鄱阳湖畔威吓贪官，一路上潜踪蹑足，那是何等小心！

暗地里摇了摇头，小言免不得大喝一声，纵身跳到那贼人跟前，弯腰揪住黑衣人衣领一把拎起，准备审个明白。谁知，那贼人看起来身量不大，入手竟是死沉死沉，饶是小言力大，也在百忙中加了把力道才没让他摔下。

等小言将盗贼拖到门边放下，借着烛光才看清，这个梁上君子现在竟口吐白沫，鼻孔翕张，就好像得了啥急症。

见他这模样，小言有些慌张，生怕他是碰瓷，才惊呼了两句，却发现身旁修身顾立的灵漪儿正在那儿掩嘴偷笑。

一见灵漪儿那副神态，小言便立即知道，眼前贼徒这副倒霉模样，十有八九便是她做的手脚。心中暗道灵漪儿顽皮，小言取过刚才漂浸玉莲花的那盆清水，将黑衣人淋清醒。

一阵审问，才知道原来这贼徒趁着黑灯瞎火潜到客栈中，想伺机行窃。

本来，他也是蹑手蹑脚，生怕惹出响动。谁知，半晌前刚蹑行到这处院落，却发现面前横着一堵竹篱墙。虽然惊讶院里哪里来的篱笆，但他看竹篱并不高，便轻轻一纵，跳了过去，因为穿着软底布鞋，落地时倒也轻巧。

只是，听口齿不清的盗贼哭诉，也不知啥缘故，等他跳过一堵竹篱墙，却发现前面总还有另一堵竹篱墙，前后跳了有二三十回，却还是见不到尽头。

见着事情古怪，他便赶紧回头，谁知身后来路上，也同样竹篱墙密布，没个尽头。到了后来，他也搞不清楚哪儿是前哪儿是后了，又惊又怕又累，最后终于体力不支跌倒。

说到这儿，这小贼已有些歇斯底里，倚靠着门大叫道："有鬼！有鬼！我明明看到房子就在前头，明明看到……"

看着这贼的倒霉相，小言便知他是遭了刚才灵漪儿法术的戏弄。看他狼狈的模样，小言心下有些不忍，便准备拿出当年手段，恶形恶相地恐吓他一番，让他保证以后再也不敢行窃，然后打发了事。

谁承想，也是这贼自己末路到了。他这一通歇斯底里的大喊，把店老板惊动了。不知出了何事，店老板赶紧带着几个得力伙计赶来处置。等到了这处，一瞧店中客人逮住的贼子身形，店老板立时叫嚷起来，一把扯过伙计手中绳索，不顾年高，扑上去就把贼人五花大绑了。

原来，灵漪儿用幻术累倒的贼徒，竟是当地官府通缉了许久的大盗，数月间作案无数，因手段高强，最多也只被人瞧见过逃去时的背影。

小言所住这家客栈，前后也遭了他好几次荼毒，害得店里给客人赔了许多银子。店老板正是恨他入骨，将县衙精心绘制的画影图形，请画师描了一份，挂在房中早晚观看，早就记得滚瓜烂熟。这一下，总算老天开眼，终于让贼子落到了自己手上！

当下，激动万分的店老板便对小言几人迭声称谢，不但免去了几人的房钱，还准备给新来的姑娘另外准备一间上房。自然，这好心的建议被小言婉言谢绝了。

待精疲力竭、如中邪魔的盗贼被拖走锁到柴房，这一番喧闹才终于平息。

经过这阵子人语喧沸，小丫头琼容终于困顿，忍不住打了个哈欠，便被雪宜姐姐拉着回房睡觉去了。喧闹不堪的客房里，转眼只剩下小言和灵漪儿。

小言提议不妨去院中闲走赏月，于是二人来到月光清淡的客栈小院内。

这时，夜已深沉，中庭静寂，不闻人语，耳中只有啾啾的虫鸣，时断时续。月光下的夏夜庭园，柔淡如水。

小言仰脸看天，盯着天上星月微茫的夜空看个不停。过了一会儿，转过头来，对灵漪儿说道："奇怪啊，灵漪儿。"

"……嗯？"

"你不知道，我刚才察看天相，发现从这郁林分野上看去，岁星在北，太白在南，这里不应该发生蝗灾饥荒啊！"

"是吗……"听小言突然说起这个，灵漪儿不明所以，只好顺着话问道，"那是为什么呢？"

"灵漪儿，你看，"小言抬起手臂，示意灵漪儿朝天上看，"岁星属东方春木，太白乃西方秋金，现在一北一南，名为牝牡，正主年谷大熟。你再仔细瞧，北边岁星现在颜色深沉，显红黄之色，又主四野大丰，无有虫灾。"

说到此处，小言顿了一下，犹疑道："若是我上清宫中传下的星书无误，今日观此二星相，郁林郡绝不应遭这样的蝗虫饥灾……"

"是吗？那就是有妖孽作怪。"

"嗯，你说的很有可能！"肯定地回答了一句，小言又凝目仔细看天，满面愁云。出身贫寒的小言要比旁人更知道饥荒的危害，现在正是忧心忡忡。

雪笛灵漪儿因为见惯了小言随和乐观的模样，现在忽见他一副郑重其事的神色，不由惊讶不已，头一回仔细地朝小言脸上看去。

只见清幽的月光中，清俊的小言临风伫立，脸沐一天星光，儒雅坚毅，宛如龙宫的宝物，正泛着神异的毫光。两只清亮的眼眸，现在幽如深潭，仿佛能包容下头顶夜空中漫天的星华。

半晌之后，便到了离别的时刻，毕竟镜影离魂的法术只能支撑这么久。

灵漪儿嫣然一笑，展颜说道："下次记得再来找我玩。"

略带顽皮的神情，宛如暂时告别的邻家少女，随后便消散无踪了。

第十一章
飞鸟落尘，涉风波而不疑

　　月华如水，万籁俱寂，良夜益于睡眠。待报晓的雄鸡啼过三遍，幽暗的窗棂渐显白亮时，小言才渐渐清醒过来。

　　这天上午，在郁平县城内转了转，小言便看到受灾的县城果然少了许多生气。怜悯遭难的民众，他便寻到官府设立的粥厂，向差役捐出自己身上所有的银两。一路听人说，郁平县和郡内其他县城一样，官家能动用的赈济库粮都已用光，现在郁平县衙为救济贫民，只能以较高的价格去向那些粮商买米。

　　听了这些消息，小言虽然觉得那些粮商有些不义，但同时也强烈感觉到，郁林郡这些属县的县治，显然十分清明。看得出，只要那些商人没有借机哄抬物价，还在正常做生意，官府便不会仗势欺人，还会按市价跟他们采买。

　　见过粥厂施粥的场面，再被普济世人的道心一激，等小言走出粥厂，被清风吹得略清醒些，才发现自己身上二十多两纹银，不知不觉中已捐了个精光。

　　捏着空空的钱囊，小言知道，接下来他必须为三人今后的盘缠打算。想到赚盘缠,第一个念头自然便是重操旧业,去画些镇宅辟邪符来卖。

谁知,一提画符卖钱,琼容立即想起自己当初与哥哥相遇的情景,便提议不如大家一起去街头卖艺,这样也好让她知道,为什么哥哥说她那次不该泼水戏弄那位卖艺的大叔。

小言也是少年心性,听琼容这样提议,当即一口应允。他虽然现在法术高强,但从小时起就觉得那些街边卖艺的特别有本事。既然琼容提议,那就索性亲身尝试一番,也算了了儿时的一个夙愿。当即,小言就跟琼容、雪宜交代了一些必要事宜,然后他们寻到一处高楼大院密集的街道,预备在这处相对繁华的地段拉开把式卖艺。

虽为上清宫四海堂堂主,小言可与其他那些矜持的高门弟子不同,做这些市井事情,对他来说正是轻车熟路。到了地方,小言就走到街旁一处茶棚,跟茶棚主人借了一只阔口的铁盘让雪宜拿着,准备卖艺结束时讨钱用,又寻得街边一个开阔处,胡乱捡了个破瓦片,在青石地上约略画出个直径两三丈的大圈,然后便模仿着那些卖艺走江湖的说开场白,扯着嗓子一阵吆喝。

听了他道力暗凝的吆喝声,很快便有一些人聚拢围看。等看着围观者聚得差不多了,小言便准备开始正式献艺。

与惯常的走江湖卖艺不同,小言这回并不准备表演什么蒙面飞刀、胸口碎大石的把戏,过场话说过,便叫琼容和自己对打。小姑娘舞两把小刀,他拿那把长古剑相迎,转眼工夫兄妹俩就打斗在了一起。

对小言来说,自己和琼容这番对打,只不过是平常逗她戏耍时常常演练的招式,两人十分默契。但这番对打真刀实枪,落在旁人眼中却又是另一番气象:场中身姿灵动的小姑娘,着一身对襟火红衫,头上扎着左右两朵圆髻,各系一条粉丝绦,每当她足点少年手臂或者剑尖,借力跳到半空击出自创的

飞鸟斩时，长长的发带便左右飘飞，真如一只翎羽飘飘的飞鸟，分花拂柳般在少年左右不停穿梭，直让人眼花缭乱，目不暇接。

虽然郁平也是一处大县，但琼容这样的飞天刀舞绝非一般江湖儿女可比。乍见这样精彩绝伦的技击，围观人群中立即爆发出喝彩之声，听得叫好声，不断有人从四面八方赶来，场子四周围观的人众越来越多。

只是，随着场中兄妹兵刃撞击的声音响得越来越快，众人的喝彩声反而渐渐平息了下去。现在所有围观之人都为憨态可掬的小姑娘捏了一把汗。虽然小姑娘身法灵活，但与她对敌的少年显然臂力雄厚，往往他只是随便一挥，就把小姑娘连人带刀击得飞上天去。

"这样可爱的小姑娘，亏他下得了手！"卖力表演的小言不知道，不少人正对他大为不满。与往日观看街头卖艺时相反，现在这些围观的郁平县居民看着这场真刀真剑的表演，竟都只盼着表演赶快收场。

幸好，丁零当啷一阵乱响之后，这场让人提心吊胆的对打终于告一段落。看着小姑娘安然着地，所有围观人众，包括人群中几个想来勒索钱财的地痞，都不约而同松了口气。让他们高兴的是，接下来这几个外乡年轻人的表演，并没有刚才那般惊险。

按照预先约定好的程式，紧接着是琼容单独舞她那对朱雀神刃。饶是现在阳光强烈，众人仍看得分明，那个小丫头只鼓起粉腮吹了两吹，她那两把短刃便突然火苗喷动，红光闪耀，分外鲜明。

看到这一情景，众人倒觉得挺熟悉。往日那些街头卖艺之人，八成也都会表演这招喷火把戏。只不过现在由这个琼玉般的小姑娘表演出来，别有一番风味。最后，琼容清叱一声，将一对神刃召唤变成两只火羽纷华的朱雀时，人群中顿时爆发出震天的叫好声。众人皆在心中赞叹："从未见过如此逼真的戏法！"

这两只红影缤纷的浴火雀鸟，在琼容左右纷飞嬉闹的情景如此动人，反倒让之后四海堂堂主张小言货真价实的剑术表演显得不那么出彩了。等小言把剑术卖力地耍完，他们三人筹集盘缠的卖艺便告完成。接下来便由雪宜捧着铁盘，去四下收取围观者自愿给出的赏钱。要知刚才兄妹俩这番卖力表演是否成功，到收取赏钱时便立见分晓。

钱落铁盘声不绝于耳，听得鬓角冒汗的小言如闻天籁，一时笑得合不拢嘴！

当雪宜款步四周捧着铁盘收钱时，人群中那几个惯常勒索外乡人的泼皮无赖正盘算着待会儿如何勒索钱财。

说话间神态温柔的雪宜便走到了几个泼皮无赖跟前。只是，接下来的事情，却让这几个泼皮一辈子难忘。他们刚一摆出恶形，眼前的白裳女子动作一滞，竟似生出某种感应，他们还没开口，只觉得一阵寒气凛然袭来，霎时间冰冷彻骨，仿佛整个人都被冻住一般！

骄阳似火的七月天里，怎会有这样如堕冰窟的感觉？心胆俱寒之际，领头的泼皮抬眼望去，恰见一双清寒赛雪的眼眸正冷冷地盯着自己。

"当啷啷！"于是只听得一连声脆响，又是十几枚铜钱从吝啬的主人手中乖乖跌落铁盘。

直到白色裙裾的身影走远，行到对面去讨赏，这几个泼皮才如梦初醒，略动了动，发现冻结的血液筋骨似乎又恢复了正常。

吃了这一场惊吓，这几个泼皮无赖不敢再作他想，相视一眼，死命挤出人群，抱头鼠窜而去！

"堂主，刚才挣的钱都在这里。"才让无赖落胆的冰雪梅灵雪宜，现在却一脸温婉，将盛钱铁盘递给小言。

接过雪宜递来的铁盘，看着盘中隆起的钱堆，小言眉开眼笑。伸手略拨了拨,觉得不少,正想夸赞时,却突然听到哇一阵哭声传来。闻声看去,便见琼容站在一个手抱孩童的老妇人跟前,不知在说着什么,老妇人手中孩童正哇哇哭喊。

原来,见琼容可爱,抱着孙子来看热闹的老妇人十分喜爱,便唤小丫头来到自己面前要特别打赏,老妇人端详一番,忍不住把自己宝贝孙儿手中那串糖葫芦夺下,送给粉玉般的琼容吃。不用说,她孙儿自是哇哇大哭。

一看他哭泣,懂事的琼容立即把手中糖葫芦又递还给伤心的小弟弟——虽然,琼容觉得这串糖葫芦一定很好吃。

小男孩接过大姐姐归还的糖葫芦,还是有些抽泣,琼容便踮起脚来,伸手抚摸小男孩柔软的头发。等琼容的小手一抚上头发,三四岁大的小男孩立时就止住了哭泣,开始专心吮吸起一直舍不得吃的糖葫芦来。

见他如此,琼容十分欢喜,便问道:"老婆婆,这样乖的小弟弟,是您孩儿吗?"

听她相问,老妇人和蔼回答:"他不是我孩子,是我宝贝乖孙,是我儿子儿媳生的。"

"是吗?真可爱呀!"

看着眼前这个吧嗒吧嗒吮着糖葫芦的小男孩,琼容十分羡慕,喃喃自语道:"如果我也有这样一个可爱的小弟弟,天天叫我姐姐,能让我照顾就好了……"

小言见时间已经不早,但琼容和老妇人、小男孩玩得正好,不想扫了她的兴致,便将手中物事递给雪宜,并打了声招呼,先去找吃饭的地方去了。

琼容和老妇人聊得差不多了,高兴地回头找小言哥哥时,却发现堂主哥哥已不见了。正要慌忙寻找,雪宜姐姐告诉她,小言去南街先前路过的那家面馆给她们占座去了,让她俩随后就去。

等琼容、雪宜赶到那家面馆，小言已将刚才挣来的钱分成了三垛，说这些钱是三人合作挣来的，理应平分。说完，推给琼容、雪宜各一垛，然后开始专心数起自己那垛铜钱来。

见小言认真数钱的模样，雪宜、琼容不便打扰，就静静看着。就在静默无言之时，却忽听得面馆门帘响动，突然奔进几个携刀挎剑的郡兵。瞧他们那架势竟是直冲小言几人而来。感觉出这几个不速之客汹汹来势，小言顾不得数钱，霍然站起，伸手便要拔剑。他手刚搭上剑柄，却见眼前几个健卒一齐躬身说道："这位少侠，我家主人有请！"

第十二章
水映明楼，忆吾草堂夕照

看着几人整齐划一的动作，又瞅瞅他们身上的军服，听着"主人"二字，小言着实有些摸不着头脑。不过，现在见着这场面他也不怵。回身从容地拢起钱堆收好，小言便转过身来问这几位军爷是怎么回事。等听了他们恭敬的回答，他才知道，原来这相请之人，正是脚下郁林地面众口称颂的小郡爷、名号"无双"的昌宜侯义子白世俊。

小言也是聪明人，听为首郡兵一报出无双公子的名号，便约略猜到，这位曾有赠银之恩的白太守八成对自己有延揽之意。

虽然心中猜测，他嘴上仍然客气地问道："敢问军爷，不知你家大人找我何事？"

果不其然，只听为首郡兵谦恭回道："这位少侠，我家大人说，上回与您萍水相逢，便觉甚为投缘。这次既然您来到他管辖的地界，他便要略尽地主之谊，请少侠您移驾去府上一叙。"

"哦，原来如此。"听了郡兵这"少侠"的称呼，小言知道，应该是刚才在街上卖艺时，被无双公子预先安排下的人手留意到了。想到这点，他心下不禁甚是佩服无双公子耳目灵通。这时，他也起了些好奇之心，当即应允，招呼琼容和雪宜，一同出门，登上那辆候在店外的马车。

登车之后，小言发现宽敞的车厢简直就像一间小屋。前后相对的两张白藤凳中间，居然还摆着一张小木桌，上面放着几盘点心水果。那名早已等在车厢中的丫鬟，见他们几人上来，便笑着请他们随便享用眼前的果盘。

看到这样细心的安排，再瞅瞅眼前侍女优雅有礼的举止，小言开始有些感觉到什么才是真正的豪门士族气派了。

就在琼容将第一颗葡萄放入口中时，马车开始缓缓移动，朝城外行去。那几名前来邀请的郡兵则站在街道中目送马车远去。等马车转过街角，再也看不到，这几人才转身回去复命。

目睹这一幕的面馆掌柜现在正一脸欣羡："这几个年轻人，真真是一步登天了！"

再说小言几人，一边吃着精美的果品，一边听举止有礼的丫鬟介绍情况。原来，他们现在要去的地方，并不是太守府邸，而是太守夏日的避暑别院——水云山庄。

听到"避暑别院"四字，小言不禁暗暗咋舌。

听名为侍剑的侍女说，这处水云山庄离郁平县城并不太远。等出了城，她便把车厢两侧的薄纱窗帘卷起，让清凉的风透入车内，同时也好让这几位客人更好地观赏窗外风景。

大约又行了半个时辰，闲得无聊的四海堂堂主张小言看到窗外路旁的山水渐渐变得明秀起来。放眼望去，山青苍，水明净，与刚出城时荒草芜杂的郊野大异其趣。

正观赏山水风景时，小言发现那片明镜般的水泊，渐渐地靠近了路边。近在咫尺的水面被清风吹碎成鱼鳞的模样，折射着午后的阳光，波光粼粼，直晃人眼。又有些茂密的蒌蒿水草延展上岸，在驿路的边沿茂盛生长。这些生机盎然的蔓芜水草，不时将翠碧青幽的长叶拂上车窗，偶尔拂过脸面，便让人感觉有些痒痒的。

此刻，临近水泽的空气中正氤氲着一股浓郁清凉的水腥气息，搅淡了盛夏让人烦闷的炎热。闻着清幽凉快的水汽，看着青翠可爱的绿色，小言感到心旷神怡。正要转脸跟琼容、雪宜赞叹一番，突然只觉得眼前一阵白亮！

原来，在一蓬青芦拂窗而过之后，路旁狭仄逼人的水荡突然间变得无比宽阔，竟一眼望不到边际。波光涵瀣的湖水，明碧廓漻，尽头似与天齐，在那水天交接处，上下混同一色，中间只余一抹淡淡的山影，无数只白色的水鸟正在寥廓的湖面上空翻跹飞翔。

这片景象万千的大湖，如此突然地闯入车窗内小言的眼帘，以至让他觉得，只是因为刚才自己一眨眼，整个天地才一下子在眼前豁然打开。

乍见烟波浩渺、风景如画的大湖，稍一愣怔，小言便赶紧唤琼容她们来看。听到堂主哥哥点名唤到，琼容才恋恋不舍地放下手中的果点，趴到车窗沿上朝外观看那个有很多水的大湖。

就在他们观看湖景之时，无双公子府中的婢女侍剑告诉他们，现在马车已经驶到了水云山庄，他们眼前这片浩大的湖泽，便是山庄的秋芦湖。

听侍剑说完，小言还没来得及惊奇，便看到马车忽驶过一株青藤盘曲的古木，然后身畔的侍剑说，刚才已进了水云山庄的大门。

小言闻言，掀起车后壁的青布帘，看到两株对合盘曲成"门"字形状的青苍古树藤，正渐渐离自己远去。再看看车后路上，自过了那貌类天然的藤门之后，便都是洁白的湖石铺地。

见到这番光景，车内已算见识过不少世面的四海堂堂主，仍是感到无比震撼。不过此刻他身旁的琼容却似毫无知觉，只管抓紧时间，将眼前的果点通通吃完。斜对面的寇雪宜则目不斜视，一脸温婉地看着对面忙着翻拣果

品的琼容。

过了庄门之后，马车又掠过许多亭台楼阁和木苑花圃，过了一段漫长的时间之后，才在一处堂屋前停下。下得车来，侍剑跟屋前侍立的几名奴仆一阵低语，立刻有一名女婢绕屋朝后奔去，看样子应该是通禀主人去了。然后侍剑将小言几人迎入名为宜凉轩的待客厅堂中。

等到了屋内，在石鼓凳上坐下，品着青瓷盏中清香淡雅的香茗，小言的心情才渐渐平静下来。就在琼容朝四下不停地好奇张望时，小言心中却反复只有一个念头："这人间万户侯的气象，今天终于见识到了！"

他们三人在幽静的轩厅中候了大概半盏茶的工夫，便听得外面传来一阵稳健有力的脚步声。还未见得人面，一声清朗的话语便先传来："多谢兄台赏面，来赴白某冒昧之约！"

话音犹在绕梁之际，此间的主人已经走进门来。当再次见到名动天下的无双公子，小言第一个反应不是出言相谢，而是忍不住在心中喝了声彩："好一个神采无双的人物！"

原来，与上回在酒楼相逢时不同，现在这位含笑站在他们面前的无双公子，袍服更是华美无比：头上戴黄金束发远游冠，身上着青罗生色窄袖衫，外面罩白罗舞鹤销金氅，腰间束泥金狮蛮带，上佩一只五色销金罗香囊，脚登一双祥云银丝靴，浑身正是彩气缭绕，宛若神人。配着这身堂皇的装束，本就俊朗不凡的无双公子现在更显得丰神如玉，风采逼人。

见到这番景象，饶是小言两年间已见过不少出众人物，此刻心中还是忍不住生出几分自惭形秽之感。只不过，他却不知，在他自惭形秽之时，对面这位公子王孙一流的无双太守，却也在心中暗暗惊奇："当日倒没发觉，这少年竟神清气静，态度逍遥，不似凡人！"

虽然起了些惺惺相惜之意，但无双公子也没说太多话，只是略略寒暄了一阵,便吩咐下人去给小言几人安排住宿,然后起身离去。

虽然只是淡淡寒暄,但在小言看来,无双公子白世俊举止优雅,言语温文,寥寥数语直让人有如沐春风之感。直到侍女侍剑依命领他们去看住宿的厢房,小言才突然想起来,刚才那位衣饰奢华的太守还没明确解说这回为何请他们来。

等引小言他们看过了宿处,白太守的侍女便按主人先前的吩咐,开始领小言三人四处闲游,熟悉水云山庄的情况。也不知穿过几处回廊,经过多少轩苑,小言几人又来到了先前见过的秋芦湖畔。

到得此处,秋芦湖已经收敛了浩荡的波光,只将一泓明静的水湾留在杨柳依依的山庄堤岸旁。离小言近处的湖湾水面上,碧绿的莲荷层层叠叠,中间盛开着粉红的荷花。就如他们来路上看到的那些芦蒿一样,眼前湖中的碧荷,也有不少生长到了临水的泥岸上,蓬蓬簇簇,绿意盎然。

将眼光稍微放得远些,便看到苍茫烟水中横亘着一条长长的堤岸,宛如一条玉带,将湖中几个青碧的小岛依次串起。中间那两个较大的水屿之间,则是一座白玉砌成的石拱桥,圆弧形状的桥面倒映水中,桥身与桥影互相映合,就仿佛一面女儿家照妆的圆镜。长堤远端的尽头,便到了连绵的青山脚下,绿树间有几座伟丽的楼台。

听侍剑介绍,那座石拱桥名为玉带桥,水那边的青山唤作栖明山。栖明山山脚下那座最高的六层楼阁,号为迎仙台。山那边,则是她家公子的另一处行苑,名为郁佳城,是一座青石垒就的石城。

说到这儿,侍剑特地提醒小言几人,说那座迎仙台所在的楼群中,住着她家主人最尊贵的宾客,让他们绝不可前去搅扰。听她这样提醒,小言自然点头称是。毕竟,大户人家有这样的禁忌,再自然不过。

只是,之后侍剑又多说了几句话,却让小言心中生出些奇怪的感觉。

原来，侍剑姑娘见小言言谈亲切温雅，便生出不少好感，不知不觉就多说了些话。听她说，那座道教风格的雄伟楼阁迎仙台，自三年前建造这座水云山庄时便已造起，但直到半个多月前才有人入住，因为她家公子盖这座楼台，只为一位贵客。而这位贵客，直到半个多月前才头一次来访。

侍剑这些话，虽然让小言吃惊，倒也还好，只是最后跟的那一句，却让他好生惊讶。侍剑说，这位贵客深居简出，平时并不到玉带桥这边的水云山庄来，要拜访这位贵客，就连她家主人，也需得到那人亲口应允，才可上门。而这半个多月来，这样的拜访，前后总共也不过两三回。

听她这么一说，小言心下着实诧异，心说以无双公子的身份，除非那人是当今的皇帝亲王，才有可能如此对待。也不知这迎仙台中，到底住了何样人物。不幸的是，等自己好奇心被勾起，再去问时，已经意识到自己多嘴的侍剑再也不肯多说一个字。

"到底会是谁呢？难不成是当今皇上？"

胡乱想到这儿，小言倒是心中一动："奇怪，说起来这无双公子既然认了皇弟昌宜侯为义父，为何姓氏不跟着也改作皇家姓氏？"

这事不想还好，一经想起，却觉得无论于情于理，都让人好生费解。

心中这般思忖，便不免凝起目力朝湖那边多看了几眼。谁料，这一瞧，却让小言猛然一惊！

原来就在那片轩丽的亭台楼阁间，有三间茅屋突兀其中，这茅屋，看外观形貌，竟似与自家马蹄山上那三间茅屋一模一样！

"怪哉！怎么会有这般巧合？！"霎时小言满腹狐疑。也难怪他惊奇，须知自家那三间居住了十几年的茅屋，其外观形状，就如朝夕相对的亲人样貌一般，早已被他熟记在心。而现在，看那三间茅屋……

"实在太像了！"

目睹这般古怪景况,小言神思恍惚,差点便没听清身边侍剑的话:"张公子,今天正好十五月圆,我家主人吩咐,今晚要在枕流阁摆设筵席,请公子和两位小姐务必赏脸赴会,与府中诸位宾朋一起临水赏月!"

第十三章
醉人盈座，放旷人间之世

虽然侍剑不肯再多说，但小言还是从她口中问出些话来。原来，那三间与邻近楼台极不相称的茅屋，名为夕照草堂。夕照草堂建起才不过十天左右，想来应是她口中那位贵客到来后才建的。

等知道这些，小言再瞅瞅湖那边藤萝盘绕的茅屋，觉得又有些不大像了。和相隔千里之外的旧家茅舍相似？稍停一下再想想，便越想越觉得荒唐。

心中疑虑渐去，小言加快步伐，跟在侍剑后面漫步湖堤。不知不觉，心中竟念叨起那个茅屋名字来："夕照草堂，夕照草堂……"

念着念着，一个甜美的声音忽然在耳畔响起："好美的'马蹄夕照'啊！"

与说这话的小盈最初的相遇，对张小言来说是那般奇特。小言忍不住思忖："小盈现在不知在做些什么？"

望着眼前的湖光山色和亭台楼阁，再想起小盈在罗浮山上的种种情状，小言禁不住神思缥缈："小盈家……也该有这样消闲避暑的去处吧？她现在，应该在近水凉亭中执扇小憩吧？"

又在杨柳湖堤上漫步一阵，侍剑便给小言几人指明了今晚设宴之所枕流阁的大致方位。指点明白，她便先行告辞而去了。等她离去，小言与琼容、雪宜又在湖庄中略走了走，看过了水光山色，便也回头准备返回住处。

在回转途中，他们看到湖旁有几位仙风道骨的老人家，或隐在绿杨荫下，或倚在白石旁边，都在湖畔悠然垂钓。看他们那副从容不迫的出尘姿态，小言便大致猜到，这些人应该是无双公子延请来的奇人异士。

等他们七折八拐地回到厢房，便有婢女迎上来，领他们三人去相邻院落中的几间汤池中分别洗浴。洗沐完毕，小言把琼容、雪宜叫到自己屋中，重新开始点数卖艺得来的钱财。检点完毕，小言才发现在这灾荒之地，看客闲人们的赏银以铜钱居多，最后算下来，总额并不是很多。钱事已毕，小言与琼容、雪宜又开始了日常功课，一起闭目清心，存神炼气。

不知不觉间，外面的日光渐渐黯淡。过了没多久，红彤的夕阳就已落到对面厢房的屋脊上，在榻前砖地上涂上昏黄的颜色。当屋中恰看不到落日时，侍剑姑娘提着盏银纱宫灯来领他们去枕流阁中赴宴。随在侍女身后一路前行，就快到枕流阁时，小言发现前面暮色中的近水楼台里已亮起点点银钉，素洁的青灯，映在微波荡漾的水中，看上去宛若流动的星河。

等到了近前，小言看到这间四面轩敞的近水亭台中，已经是珍馐罗列，宾客齐集。

水云山庄中这处宴游之所，虽然名为枕流阁，但其实是条半凌于水面的长廊。建在岸上的半边，上面犹有錾花篷顶；凌驾于秋芦湖的半边，无遮无盖，四面空廓，正宜用来赏月。

此刻赏月楼台的地面上，已铺开长长的竹席，盛满珍馐的盘碗与银盏金樽错落摆放，整齐排列在宾客面前。早来的客人，尽皆盘腿坐在绢垫上，在竹席两侧次第排开。此时虽未开筵席，但相邻的宾客早已谈笑风生。

"张少侠，请坐这边。"小言三人刚到筵席边，便被面南而坐的主人白世俊看到了。见他们到来，白世俊含笑轻拍自己特意留下的空席，招呼他们坐到自己旁边。见他相召，小言笑着点头示意，缓步走到他旁边的绢垫上坐下，琼容、雪宜也在旁边次第屈足而跪。

今晚小言身边这俩女孩都穿着一身纻丝绫罗的宽袖嫩黄裙衫，裙袖飘摇之时，又兼得纤秾合度，将腰肢衬托得格外柔美袅娜。为了赴这晚豪门筵席，小言已为琼容、雪宜翻出压包袱底的最贵衣物。

也不知是因为服饰精致，还是琼容、雪宜确是琼姿美质，等她们这两个仙子精灵在小言旁边恬静入座，那一副娇娜出尘的姿态，便已让见多识广的白世俊也忍不住大为惊艳，微微前倾真心赞美了几句。

他这般欣羡情状，不禁让小言想起当年那位南宫秋雨。替两人谢过白公子温文有礼的真心赞语，小言在心中却在庆幸："幸好琼容在人前很乖，总学她雪宜姐姐的样子……"

就在小言心中转念之时，坐在他下手的那些宾客却心思各异。那些峨冠博带的官吏门客，各各在心中揣测小言几人的来历。那些相貌奇特的奇人异士，则大多是见小言三人气质非凡，多看了几眼而已。

等赴宴宾朋来齐，水云山庄中的赏月筵席便正式开始。当众宾客开始交杯换盏时，远远传来一阵丝竹乐曲。此刻在湖西南九曲木桥尽头，正有数位乐工在湖亭中演奏佐餐助兴的清曲。

小言听着，只觉得这一缕拂水而来的曲音清缓悠淡，正适宜浅斟小酌时欣赏。

就这样酌酒几巡，再次举杯时，小言忽觉顺水而来的乐声渐渐停住。

"是不是要琴瑟调弦，更换曲调？"乐工出身的小言正自揣测，却见身畔的无双太守手掌轻击，然后朗声说道："诸位且住。月将上于东山，诸公可暂停杯筯，与吾一同观赏。"

于是,枕流阁中人声俱寂,烛灯尽灭,所有人都屏气凝神,举首同向东边山峦看去。

此刻,秋芦湖上空天穹纯净如洗,见不到片缕云翳,整个夜空中只有淡星数点,其余便是一片深窅的幽蓝。只有众人瞩目的栖明山高峦之上,才染出些淡淡银辉。这时候,栖明山下的迎仙台,反而隐在一片黝暗的阴影中,几乎看不清轮廓。

就这样引颈眺望,过不多久,那一轮皎洁的月盘如期从辉光最明透的峰顶上冉冉升起,姿态优雅地浮上东边的苍穹。

当此之时,见月出于东山之上,悬浮于水蓝碧空,光华四射,辉耀四方,已有三分酒意的无双太守意气风发,他当即按席而起,跨步来到临水楼台边,左手执杯,右手拔剑,对月而舞,边舞边饮,边饮边歌,曰:

明明上天,照四海兮。

知我好道,公来下兮。

公将与余,生羽毛兮。

升腾青云,蹈梁甫兮。

观见三光,遇北斗兮。

驱乘风云,使玉女兮。

歌罢饮罢舞罢,清狂发作的翩翩佳公子,奋力将手中金樽往湖中一掷,呼喝道:"湖里鱼龙,且饮我淮南余沥!"原来刚才他所歌,正为《淮南操》。掷觞已毕,微醺的白世俊大笑而返。

对这番气概非常的豪迈举动,无双公子门下那些仕宦门人自然是赞词如涌,那些大多出身山野林泽的异人食客也大多抚须赞许。一时间,不停有人蹑袍起身,越过小言来给无双公子敬酒。

在身旁这一片热闹非凡的觥筹交错声中,小言品品刚才白世俊所歌的《淮南操》,再看看他身侧络绎不绝的赞祝清客,不知为何,总觉得有些别扭。细想了想,才知自己联想到前朝作此歌的淮南王,最后因谋反被杀,此刻听昌宜侯义子唱出此曲,总觉得有些不大吉祥。

当然,这样的惶惑也只是转眼间事。稍再一想,小言便觉得自己这样的联想很是可笑。

再说无双公子白世俊,虽然每次旁人敬酒时,自己只需饮上一小口,但数轮下来,不免还是有些醺醺然。于是这位自幼在京城长大的皇族贵胄,便开始跟左近之人讲起京城逸事来。说过一阵,白世俊便和席旁年岁与自己相仿的小言说起皇家的典仪。

就在讲到皇家太妃、公主皆有御赐的金印紫绶并佩山玄玉时,白世俊语带神秘地向席间说道:"各位可知,当今圣上最宠爱的倾城公主,不仅那玉佩本身并非世间凡品,就连佩戴的位置,也是别具一格。"

"哦?"众人齐声讶异。

"我来告诉你等,倾城公主殿下的玉佩并非悬于腰际,而是挂在颈间。据说,有温肌养神之效。"

"原来如此!"听白世俊解说,众皆恍然大悟。

一片交头接耳声中,坐在小言对面的那位谋士模样的中年文士摇扇笑道:"各位高贤有所不知,我家大人在京城长大,自幼便与倾城公主相熟,算得上是青梅竹马!"

听了这话,便连内里矜持的白世俊,脸上也忍不住现出几分喜色。

见他们说得热烈,一直没怎么插得上话的小言,也顺道凑趣,说自己也曾蒙好友相赠玉佩,凑巧那位好友也是将玉佩戴在颈上。

听小言这么一说，正眉飞色舞的白世俊便让他将赠玉拿出来给大家鉴赏一下。此刻席间气氛正浓，小言也不迟疑，便把小盈当年相赠的那块玉佩亮出，对着月光给大家观看。

在素洁月辉映照下，小言手中的白玉柔润光洁，引得白太守与众人齐声赞叹："是块好玉。"

此时正是素月分辉，明河共影，近水楼台上宾主俱欢，一切都充满了祥和之意。

第十四章
目中寥廓，徒歌明月之诗

枕流阁上酒过三巡，明月渐移中天，旁边飘起几缕轻纱般的云翳。皎洁的月轮倒映在身畔水中，仿佛一只坠水的银盘，似乎一伸手便可捞着。

就在明月近人之时，远处湖亭中曲音一变，席前两队歌姬翩翩起舞。一时间娥眉宛转，水袖齐飞，小言眼前的近水楼台一片歌舞升平。

看着眼前这番奢丽的歌舞，小言大开眼界之余，心中悄悄升起一股思乡之情，也不知父母今日如何度过佳节。

淡淡出神，正有些怅然之时，小言忽觉眼前光影一动，似有什么东西掠过。追随那光影，他低头一看，便见自己玉瓷碗中已多了一片鹿肉。转脸看时，正看到琼容那一脸阳光般的明灿笑颜。

就在小言分心之时，上首的无双公子留意到雪宜正认真观看歌舞，似对舞姬们的举手投足十分留意。

注意到这点，白世俊心中一动，便击掌一声，让舞姬停下，然后这位山庄主人长身而起，来到雪宜身侧，躬身一揖，清声说道："寇姑娘，有礼了！"

听他见礼，寇雪宜冉冉起身，回身还礼。

白世俊温言说道："寇姑娘，请恕白某唐突，方才见你似对敝庄歌舞颇有品鉴，想来也是能歌善舞之人。那雪宜姑娘何不趁这月夜良辰，略移玉趾，给座中高贤献舞一曲，以助雅兴？"

此言说罢，见雪宜局促，一时不及回答，白世俊便放缓语气，温柔说道："寇姑娘，许是本太守无礼了。但你看，眼前月白风清，玉宇寥廓，已是大好湖天，若能再见到仙娥之舞，那更是我等座中之人三生之幸！"

听他这番说辞，座中宾客也都个个引颈期待，希望白太守能说动神采出尘的雪宜。

就在众人期待雪宜应答时，却见她只是微微低头，然后侧身对小言说道："堂主，你看……"

听她让自己帮忙定夺，小言一笑作答："雪宜，既蒙主人相邀，你便献上一舞吧。"

雪宜听言，轻移莲步，拖曳罗裙，往石台水边行去。

在雪宜翩跹而去之时，她身后无双太守俊美脸上正笑得极为欢畅："唔，张公子原来是名'堂主'，怪不得能耍一手好剑术。"

原来白世俊听了雪宜刚才的称呼，心中思忖小言一定是哪个江湖门派的头目，这样一来，只要自己微露招揽之意，他还不立即应允？想到此节，白世俊自然心情大快。

此时小言也和其他宾客一样，瞧着缓步而去的寇雪宜，兴致盎然，要看她这次究竟舞得如何。

等冰姿烟媚的雪宜优雅地走到近水之湄，罗袖轻挥，裾带飘摇，开始缤纷曼舞之时，枕流阁上所有人都意识到，恰如无双公子所言，今夜能见这一舞，真是自己三生有幸！

此时座中自不乏恃才傲物的文学之士，但等见到无边水月旁这一番惊心动魄的舞蹈，他们才知道，原来这世上真有文字不能形容之事！

屏气凝神，观看绮态妍姿之际，恍惚间他们看到，清幽的月光中仿佛渐渐飞起无数细小的银尘，如玉屑雪粉，渐聚渐凝成一条轻盈飘逸的银纱，随着那个蹈节如鸾的身影萦绕飘舞。而此时，湖风如弦唱，明月如银灯，清风作力士，水木为舞姬，仿佛眼前天地间所有的一切，都围绕着一人旋舞，枕流阁前整个湖天山水中，已只剩下一位回风舞雪的绝丽仙姝……

就如同世间所有美好的事物一样，这样令人心醉神驰的舞蹈很快便告结束。

等宛如月里嫦娥的清冷女子雪宜重又回到自己座位，几乎所有水云山庄的常客仍是如痴如醉，不愿从如仙似幻的梦境中清醒。

与他们相比，小言则淡定很多。毕竟雪宜的舞蹈，他已见识过一次。等她坐回自己身边，小言亲自将她的琉璃盏中斟满清淡果酒，以慰她方才舞蹈的辛劳。

见小言给自己斟酒，又赞她舞技有了进步，雪宜柔柔一笑，轻声谢道："堂主过誉了，雪宜方才只不过侥幸不出丑罢了。"

刚才虽舞过一回，雪宜此时说话却毫不气喘，仍是徐徐呼吸，吐气如兰。她这样从容的情状，座上宾客自然大多来不及注意，只有坐在长长筵席末那位面相普通的中年道士看了雪宜几眼，若有所思。

就在雪宜、小言二人对答之时，坐在他们上首的无双公子倾身过来，举杯笑言道："雪宜姑娘，请恕世俊赞迟，方才观君一舞，于我而言，已非三生有幸，而是有百世之缘！"

雪宜闻言，觉他赞得太过厉害，便微红了脸，就要开口致谢。还未及出言，却见这位一直温文尔雅的俊美公子，忽然举杯饮得一大口，然后大声赞道："幸事！幸事！古有汉武一笑倾城的李夫人，今有世俊一舞倾城的寇仙子！"

闻听此言，还没等小言、雪宜来得及反应，便见白世俊挣扎站起，醺醺然说道："今日初会佳人，世俊正有一诗相赠……你听好，说的是：琼闺钏响闻，瑶席芳尘满；情多舞态迟，意倾歌弄缓；欢乐夜方静，相携入帷帐……"

已有四五分醉意的白太守，诵到最后一句时语调已有些含混，但小言距其很近，还是听得清清楚楚。待白世俊将诗念完，态度谦恭、一团和气的四海堂堂主张小言却是面色一沉，皱起双眉，暗暗恼道："罢了！我敬这无双公子神采非凡，谈吐不俗，他却如何能对女客忽然吟出这等轻薄艳词?！"

正自懊恼，忽又见无双公子欺身向前，竟将手中饮过的杯盏极力伸到雪宜面前，说道："雪宜姑娘，你家堂主给你斟酒，我也来敬你此杯！"

此刻，举杯向前的白世俊已是酒意全消，双目灼灼，只管盯着雪宜，等她答言。

见他这般失礼举动，小言颇觉不悦，正要出言，忽觉身边一阵寒气袭来，转脸望去，见雪宜面沉如水，眸光锋亮，如映冰雪！

一见这神情，小言顿时一惊，心念急转之时，轻轻探出左手，悄悄拍了一下雪宜的胳膊，身边的寒意立即消逝。

等雪宜重又恢复平静，小言见无双公子在夏夜里莫名打了个寒战后，仍然坚持举杯向前，便眉峰一扬，朗声说道："多承太守厚情！只不过这杯酒……雪宜体弱，实在不堪啜饮。不如，就由我来替她饮尽，也免得拂了太守美意。"

说罢，也不待白世俊反应，小言便一把接下他手中杯盏。

等将杯盏拿到手中，举到嘴边作势要喝时，小言却又好似突然想到什么，便又将杯盏放下，对着眼前目瞪口呆的太守大人一笑言道："对了，突然想起来，太守先前月下倾杯，果然豪气干云，着实让人仰慕，不如这回，我也来效颦一番！"

说罢,不待白世俊答言,一直恬淡谦和的小言已长身而起,执杯离席,阔步来到楼台水边,不由分说就把手中酒醴全部倒入湖中,一边倾酒,一边还在心中默祝:"愿湖中鳞鲤,今食此酿,他日化龙!"

祷罢,小言便在满座愕然的目光中,倒提空杯而回,递还到湖庄主人白世俊跟前,神色如常地说道:"这杯还你。吁……到此方知,无双太守果然心怀大志,天下无双! 小子方才站到湖边,却是筋酥腿软,竟发不得一语!"

听他这般说话,素性睥睨天下的昌宜侯公子此刻竟是面色尴尬,正是"发不得一语"。

正在席间气氛被小言搅得有些微妙之时,忽听席末有人鼓掌大笑,高声言道:"好好好,水边舞袖,月下倾杯,真真是人间雅事! 既然诸位贤朋今晚兴致如此之高,那小道不妨也来凑个趣,试演个小小幻术,以助诸位雅兴!"

第十五章
凌波步晚，揽得烟云入梦

听席末有人说话，白世俊抬眼望去，见那人正是府中幕客青云道长。

这位青云道长，原本是个云游四方的行脚道士，前来投靠白府不过半月之久。虽然这道人道行并不高深，但白世俊看他投奔之意甚诚，还会些幻术，也就勉强收下了。

入府之后，这青云道人平日举动平淡无奇，甚至还常常有些让人看不上眼，因而白世俊的几个心腹幕僚已在心中把他归在了"鸡鸣狗盗"一类。今晚这赏月夜宴，府中其他奇人异士多有不来，能力并不出众的青云道长却上赶着前来赴宴。

不过，现在也幸得他解围。一听青云道长主动请缨，正自尴尬的无双公子立即精神一振，欣然说道："好！如此良夜，若只是喝酒歌舞，未免乏味，那就有劳青云道长了。"

青云道长闻言正要起身，白世俊却两手虚按，笑道："道长莫急，世俊还有话先要跟这两位贵客说。"

说完，白世俊便起身离席，来到雪宜身侧，对着她和小言二人深深一揖，歉然说道："雪宜姑娘，小言兄，抱歉，方才世俊酒有些喝多了，言语间恐有冒犯,还请二位原谅!"

见他这样诚恳道歉,原本还有些不快的四海堂堂主反而觉得有点不好意思,赶紧起身回礼,连说无妨。

等白世俊平息了这场尴尬,青云道长便起身向席间一礼,说他今日要表演的戏法名为"酒酿逡巡"。说罢,他便让旁边的侍从取来一只空酒壶,然后去到湖边,弯腰在锡酒壶中注满清澈的湖水。等将盛满清水的酒壶拿回席上,这位面相平凡的青云道长便闭目凝神,口中喃喃,似在念着什么咒语。

青云道长作法之时,和众人一样,小言也在全神贯注地观看。不过与旁人略有不同的是,同出道门的上清宫四海堂堂主更加留意青云道长的一举一动。原来,小言平素戏耍时见识过琼容那些好玩的小戏法,现在很想知道,这些凭空拟物的幻术到底是怎么回事。

青云道长法咒念了没多久,手掌中就腾起一阵淡淡的清光,然后他将双手抚在酒壶上。只不过片刻工夫,青云道长便笑道:"成了!"

就在他将壶盖揭开时,青云道长附近的宾客立即就闻到一股清醇的酒香扑鼻而来!

见得术成,青云道长首先执壶趋步来到白世俊身前,给他刚被人倒空的金樽中斟满。然后,便把酒壶交给席旁的续酒侍女,让她给座间其他宾客倒酒。

一会儿工夫,席间特地准备的空酒杯便都已被倒满,枕流阁中立即氤氲起一股浓郁的酒香。等杯中湖水变成的美酒入口,席间又响起一连串的称赞声。

见青云道长露了这手,座间宾主都对他有些刮目相看。只是,在这一片欣然之中,有一人却没这么愉快。此人正是小言。现在他已是义理道力修为俱佳,待仔细观看过青云道长酒酿逡巡的法术后,对幻术倒也颇有了些领悟。只不过，等他照旁人的样子，将道长所变的美酒抿入口中时，却发现入口的还是淡而无味的湖水。

"幻术毕竟只是幻术啊……"凝望杯中之物，小言立知其理。再看着旁边那些兴高采烈的宾客，他倒颇有些懊悔："若是自己没修道力，今晚岂不是既能喝上美酒，又能千杯不倒？"

胡思乱想之时，为免坏了大家兴致，小言只好装出一副畅快模样，将一整杯清水喝了下去。

等席间这阵欢腾略略平息，兴致正高的青云道长表示，他还有一样空瓶生花的戏法。谁知，等他将这法术略略解说完，小言身旁那个半天没作声的小丫头，终于忍不住嘟囔了一句："我哥哥也会变花……"

"哦？"听清琼容之言，白世俊大感惊奇，便请青云道长稍住，然后问小言琼容方才所说是否属实。

等小言点头称是后，白世俊来了兴致，便请小言也像青云道长那样，给大家演示一番。拗不过盛情，小言只好起身，准备表演顷刻开花之法。

其实，小言刚才看过青云道长那手酒酿逡巡，已差不多能按幻术之理凭空生出花朵。只不过为了保险起见，他还是准备演示自己谙熟的花开顷刻之法。

在众人注目中，小言缓步来到水榭台边，仔细打量起水边那些层层叠叠的莲花。看了一阵，选中一朵含苞未放的荷苞，转身对众人说道："诸位请看，这朵水莲花含苞待放，现在我便要催它绽开。"

话音刚落，还没见他像青云道长那样念什么咒语，便忽有一阵鲜绿光华从他掌中纷萦而出，翠影缤纷，一缕缕一圈圈地朝那稚嫩花苞上缠去。碧绿光华刚一接触荷苞，那只紧紧闭合的花骨朵，就如同吹气般突然涨大，眼见着花瓣层层剥开，转眼就绽放成一朵娇艳欲滴的饱满莲花，在夜晚湖风中随风摇曳,如对人笑。

眼睁睁地看着花骨朵绽放成盛开的莲花,众人惊异之情并不亚于方才。原本心思并未完全放在招揽之上的无双太守白世俊现在也对小言刮目相看。

只是,他们还不知道,以道门新晋堂主张小言现在的能力而言,太华道力运来,旭耀光华罩去,莫说是一个莲苞,就是一大片荷塘莲苞也能让它们全部开花!只不过,按小言心思,毕竟转瞬催花之术,有违天地自然生发之理,还是少做为妙。

见法术成功,小言也不多逗留,转身朝那些神色惊奇的宾客抱拳一笑,便回归本座中去了。

等他回到座中,白世俊自然一番赞叹,说原以为小言只是剑术超群,没想到这幻术也变得这般巧妙。见过青云道长、小言二人的巧妙表演,白世俊兴致高昂之余,又觉得有些可惜:"惜乎我飞黄仙长不在,否则这酒筵定会更加热闹!"

在这些欢腾宾客中,有一人此时却有些暗暗吃惊。此人正是方才变水为酒的青云道长。

与座中其他人不同,对小言这手片刻催花之法的高明之处,貌相普通的青云道长知道得一清二楚。他明白,虽然自己的幻术拟物拟人无所不像,但实际上,都只不过是观者的错觉而已。所谓酒酿逡巡、空瓶生花,其实施术后清水还是清水,空瓶还是空瓶,只不过观者错以为水有酒味、瓶生鲜花而已。因此,这些法术虽然看似神奇,但对于修道之人而言,实际只是些小把戏。

但刚才,青云道长看得分明,那个突然来访的少年将荷苞转瞬催绽,却是实实在在地让它开放!这一能逆转自然的法术,青云道长非常清楚,正是那道家三十六天罡大法之花开顷刻。三十六天罡大法，精妙幽深，实非一般修道人所能习得。

明晓这一点，再想想先前雪宜呼吸如常的模样，不知为何，这位居于府僚末席的青云道长眼中竟露出些迟疑之色。

青云道长心中正自犹疑，小言已回到座位，双手捧杯感谢白太守的赞誉之词。就在这一瞬，青云道长忽看清小言左手指间那只黑白鲜明的戒指，立时忍不住面色大变。原来眼力极佳的青云道长看出，小言戒指中黑色烟玉四周，那一圈看似雪丝银屑之物，竟是细碎的玉样白骨！

他却不知，这枚戒指名为司幽，正是小言一路游历，在一个叫镇阴庄的地方，偶然收服鬼王宵芒所得。那个奇异的幽冥巨灵，现在正栖身于司幽指环之中。

再说无双公子，又饮了几杯酒，看见小言身畔两个女孩子明媚如画，不觉又是一阵酒意涌来，心中便有些感叹："咳，这位寇姑娘，与那人相较，也只在伯仲之间。若是我白世俊此生能娶得其中一位，长伴左右，那又何必再图什么鸿鹄之志。"

想到此处，这位少年得志一路青云的无双太守，竟有些神思黯然："唉，也不知那人，此来为何如此冷淡。半个多月过去，只肯见我两三次……难不成，她现在真是一心皈依清净道门？"

小言不知道，原来在这荒灾之年，眼前这样奢丽的夜宴，身畔这位多情公子已在离迎仙台最近的枕流阁中摆下过十数场，几乎是夜夜笙歌。而奢靡夜宴的主人，只不过是希图能用这样的饮宴歌声，引得那位习惯奢华场面的女子也能来倾城一顾，过得玉桥，与他见面。谁承想，那位出身富贵无比的女子，在迎仙台苑中深居简出，竟好似这趟真个只是来消夏避暑。

正在白世俊想得有些神伤之时，他却突然看到一物，立时神色一动，举杯问小言道："小言老弟，我看你腰间悬挂玉笛，不知对这吹笛一艺是否熟习？"

听白世俊相问，小言也没想到其他，老实回答道："不怕公子耻笑，我于这笛艺一流，确曾下过一番功夫。"

听他这么一说，白世俊面露喜色，诚声恳求："那小言老弟，可否帮本太守一个忙？"

忽见白世俊变得这般客气，小言正是摸不着头脑，只好说若是自己力所能及，定当鼎力相助。听他应允，白世俊立时大喜，将事情原委娓娓道来："不瞒你说，我无双府里住着一位天下一等的绝丽仙姝。"

"哦？"听白世俊另起话题，小言一头雾水。

只听俊美无双的白太守叹了口气，有些无奈地说道："唉……她是我府上一位贵客。"

听白世俊这么一说，正有些昏昏沉沉的小言脑中灵光一闪，忽然想道："莫非白天侍剑所说的贵客，便是这位女子？"

正在揣测，只听白世俊继续说道："小言你不知道，这位贵客有些不惯人多之所，所以今晚未来赴宴，否则定当让你见识一番！"

"呀，那倒可惜了。"察言观色，顺势答话，小言说的正中年轻太守心意。

听小言这么说，白世俊脸上立时浮现笑容，热切说道："其实若想见她，并不甚难。"

"哦？"

"是这样，我知这位贵客最近甚喜笛乐，只要你极力吹上一曲，若能有些动听处，说不定便能引得她循声前来！"

"噢，原来如此。"

小言闻言心说："原来说了大半天，白太守只不过是要自己吹笛。"吹笛之事,有何难处?这正是他本行!

心想此事易行,小言刚要慷慨回答,却见白世俊又笑着添了句:"小言老弟,你日后定会知道,若是今晚你能将我府中那位贵客引来见上一面,那便是你三生修来的造化!"

说到此处,白世俊脸上竟是神采奕奕,整个人容光焕发。

见他这样,小言也被勾起六七分兴趣,遂起身离席,去到台榭水湄,对着月下的秋芦湖举笛横吹。

刚开始时,近水之湄这几声幽幽的笛音,还未引得座中人如何注意。只是,渐渐地,众人便发觉月下宁静的水天湖山中,正悠悠拂起一缕泠泠的水籁天声,宛如清冷的幽泉流过白石,入耳无比清灵淡泊。

宁静的月夜,如何能听到深山泉涧之音?溯源望去,却原来是那个能让荷花顷刻开放的少年,正举笛临风,在清湖之畔吹响笛歌。

座中之客大多是见多识广之辈,风月歌板,烟柳画船,有何不识?只是,现在听着这月下笛歌,他们心中却升起一种陌生而奇异的感觉:清冷幽雅的笛音,时而清激,时而润和,无论轻徐缓急,都仿佛与这山水云月融为一体,不再能分辨出到底是何旋律,是何曲谱。那悠扬宛转的笛歌,愈到后来愈加空灵缥缈,仿佛是从云中传来。

听得这样出尘的笛音,所有人都沉浸其中,就连无双公子也忘了让小言吹笛的本来之意,只管痴痴地倾听。

当超凡脱俗的笛音在水月云天间飘摇徘徊时,忽从湖山那边悠然传来一阵歌声,和着这曲笛歌的超尘之意。

这缕忽然出现的歌音,宛如仙籁,唱的是:

云海拥高唐,

雾鬟风鬟，

约略梳妆。

仙衣卷尽见云岚，

才觉宫腰纤婉。

一枕梦余香，

云影半帆，

无尽江山。

几度凭栏听霜管，

蟾宫露冷香纨……

与笛曲配合得天衣无缝的歌声，乘湖风传来，已渐依约，却令它变得更加清冽幽绝，如落月中之雪。

这曲不带人间烟火气息的歌唱，从湖山那边幽然而起时，吹笛少年恍若未闻，仍是心无旁骛，顺其自然地将它和完。只是，当这阵歌声渐消渐散，小言才如梦初醒。那声音是……

"是她?!"意识到熟悉的歌声，小言突然间心神一震，赶紧睁大双眼极力朝湖山那头望去。

只见一抹清幽雅淡的月辉中，正有位宛如梦幻的白衣少女隐约倚在白玉桥头！

自罗浮洞天而来的上清宫少年张小言确认和歌之人正是小盈时，激动不已。万没想到在此月圆之夜能在此地见到她，于是他想也没想，便御气浮波，立在一朵青青荷叶上，朝湖山那头飘然而去。

而此时，他身后的歌舞楼台中一片静寂。

"是小盈姐姐!"枕流阁中的静谧忽然被一个脆生生的嗓音打破。待兴奋起身的小姑娘正要飞身追随哥哥而去时,却被她身边的雪宜轻轻拉住。

　　这时,所有人或惊异或疑惧的目光,都汇聚在了湖中凌波而去的小言身上。而眼前曾被白世俊、张小言先后倾杯的秋芦湖,也仿佛不再宁静,浮波而去之人身后的水路中,正时时跃起闪耀着银色月华的锦鲤。

　　就在小言沐一身月华,御气凌波快行到白玉拱桥时,那位倚栏而立的姑娘如莲花般绽开宁静的妆容,吐气如兰,朝桥下悠悠吟诵:"孤标傲世……偕谁隐?"

　　临到近前的小言,闻声会心一笑,正要作答,却微一迟疑,然后便伸出右手,微微流转太华道力,就见有一朵空灵明透的红色莲花正在他手中凭空凝成。

　　于是小言便拈花微笑,朝桥上如烟似幻之人曼声吟哦:"一样花开……为底迟?"

　　其时,天地俱寂,唯有流光飞舞。

第十六章
侠气如龙，挟罡风而飞去

分别一年多后，小言与小盈竟在郁林郡太守的水云山庄中偶然相逢。

明月之下，秋芦湖上，玉带桥头，二人对答完往日喜爱的词句，见小盈明眸望着自己，小言微微一笑，说道："小盈，没承想在此处见到你。方才听了歌声，才知你在此地。"

望了望四下里的烟波，小言有些不好意思："其实，我这番御气浮波而来，实是因为认不得庄中的道路，匆忙间只好踏水赶来，正好也练习一下道术……"

"我知道。"半倚桥栏的小盈闻言抿嘴一笑。

就在小言说话之时，玉带桥边水月正明。皎洁月辉中，小盈看得分明，桥下清波中凌波独立的小言挺拔的身形随波起伏，青衫拂摆之际，恍若破水而出的神人。相别一年多后再次相见，小盈发现，当年的饶州少年，在那灵动无忌之外，又平添了好几分俊逸出尘的英华之气。

就在小盈打量小言时，小言也在微笑着看着她。明月清辉映照下，本就风华绝代的白衣少女，现在更显得娉婷淡丽，明皓如仙。

看着小盈，小言心道："贵客原是小盈，那白太守先前的赞语，实在算不得过誉。"

小言现在已知白太守口中的贵客定是小盈无疑。方才自己凌波而来之时，迎仙台中奔出不少人影，但小盈只不过轻轻一拂袖，那些人便默不作声，静静候在幽暗月影里。

想到这里，小言才记起自己此来何事，便告诉桥上的小盈："小盈，其实我和琼容、雪宜，正在白公子府中做客，我不过中途离席。现在既知道你的住处，那我明天再来找你，你现在还是早些歇息吧。"

原来小言想起白世俊先前所说，小盈不惯人多之所，便准备让她早些安歇。

只见桥上貌可倾城的小盈抬手拢了拢被清风吹乱的发丝，朝小言嫣然一笑，轻轻说道："小言，琼容妹妹、雪宜姐姐也来了？许久未见，我现在就想去和她们说说话，行吗？"

小言弯腰将手中红莲轻轻放在水面，让它随波而去，抬首向小盈笑道："我带你去。"

于是，枕流阁中众宾客便看到水月之间的少年接住那个翩然跳下的少女，捉臂凌波而返。一湖烟水中，两人并肩点水而行，行动之间，凭虚御风，流带飘飘，恍若凌波微步的仙子神人。

就在众人看得目瞪口呆之时，座中那位青云道长的心思似乎并不在那两个行动如仙的少年男女身上。望着西天边那片正在蔓延的鱼鳞状云阵，青云道长心中惊疑不定："难道，这又是七十二地煞之术，召云？"

原来，青云道长的修为并不像表面那样浅薄。小言方才吹笛之时，冷冷笛音中微蕴水龙吟之意，不知不觉就让西天边那几绺云翳逐渐扩展成阵。这情形若看在别人眼里，也只道是天上微云渐起，但落在青云道长眼中，却又是另外一种情形。

且不说青云道长内心惊疑不定，再说小言携小盈返回枕流阁上，从容地回到座前，对脸色古怪的此间主人白世俊笑道："白公子，不想这么巧，竟在贵府中遇见故人。"

说罢，侧首微微示意，身旁小盈便上前盈盈一拜，笑吟吟说道："白太守，小言是我的故友。今日能遇见，也真是凑巧。"

白世俊也是七窍玲珑之人，一听小盈这话，立时反应过来，赶紧起身，回礼笑言真巧。待小盈在小言旁边侧跪坐下，裙裾如白云铺地之时，白世俊觑眼看去，见她竟和雪宜、琼容一样，跪踞处稍稍偏后，竟是执了世间寻常女子礼。

见她这样，白世俊和他身左那位心腹谋士，不约而同对望一眼，眼睛里尽是惊疑神色。整个席间，也只有他和这位心腹谋士许子方知道小盈的真正身份。这少年究竟是何人？即使他法术再高明，又如何能让小盈这般盛礼相待？

正当白世俊满腹狐疑，心中不知是何滋味时，只听小盈朝他笑盈盈地说道："白公子，张小言张公子是我修习道法的良师益友。我和琼容小妹、雪宜姐姐一样，也呼他'堂主'。"

她这句话，就好似一道电光瞬间照亮心中迷雾，白世俊立即失声叫道："张小言，就是那位新晋的中散大夫?!"

小盈刚才这话，正好把白世俊隐约知道的事串联起来，他立即想起一年前京城传来的邸报。那时他义父昌宜侯派人传话，曾顺便告诉他，说是上清宫一位新晋堂主年纪不大，因助南海郡剿匪有功，被皇上示以殊荣，将他从草莽间直接超擢为中散大夫。据义父耳目，探得这其中似乎还有倾城公主助力。

当时听了这个消息，白世俊也只不过是一笑置之。对于一个山林草野间的平民道人来说，能被御封为中散大夫，从此进入士族阶层，确实算是殊荣。但这等事，像白世俊这样整日筹谋大事之人，又如何会放在心上，自然是听过便罢了。当时听到这消息，他至多也只是在心中赞扬了一下倾城公主心地良善而已。

只是，刚才亲眼目睹这位四清堂堂主与小盈把臂而还，自认与倾城公主青梅竹马的无双公子心中便如同打翻了五味瓶一样，说不清是什么滋味。

只不过白世俊毕竟不比常人，看到小盈和小言同来的那两个女孩就如同亲密小姐妹一般喁喁私语，他脸上神情丝毫无异，只管举杯向小言笑言："小言老弟，今日才知道，我白世俊还颇有识人之能。"

"哦?"小言一听便知白世俊大略何意，只不过仍是凑趣相问。

便听白世俊继续说道："其实，先前我就见你不似常人，刚才又看到你法术高强，果然不愧是当世的少年豪杰!"

听他这样赞誉，小言连道不敢。正谦逊时，白世俊却认真说道："你也不必过谦。说句不谦之语，当今世上，若数我白世俊为第一少年得志之人，那张堂主你就该在第二之数!"

听他这话说得夸张，脸上神情却不似虚礼客套，小言倒有些出奇。

正要出言相问，便听白世俊颇有些感慨地说道："小言你真是命好。你可知道，当今圣上超擢你为中散大夫，一则确实是因天子圣明，二来——"

说到此处，白世俊略停顿一下，于是他右首有两人立时有些紧张地倾听下文。只听白世俊慢条斯理地说道："二来，小言你这散官擢拔，竟还得了倾城公主的进言!"

"啊? 真的?!"一听此言，小言顿时激动非常，连说话声音都有些颤抖。

"那是自然。"

得了肯定答复，又激动一阵后，小言却突然有些迟疑："白太守，那位公主殿下为何要替我说话？须知我只不过是山林间一个普通小民而已。"

"这个……"白世俊这次又是话说半截，略一停顿后，却突然望向那个看似专心和小姐妹说笑的少女，笑言道，"此事其实还都靠小盈之力。"

"啊？原来如此！"当小盈闻言大为紧张之时，却看到张小言转过脸来，一脸恍然大悟的神色，对自己连连诚心道谢，说心中甚是感佩此情，但其实她不必这样。

见小言这般作为，小盈正不知所措，然后又见小言一脸好奇地问自己："小盈，你真是倾城公主身边的侍女吗？"

"……"

原来小言听闻白世俊之言后，长久存于心中的那个谜团就好似在瞬间解开了。按他心中想象，倾城公主身边的女伴，自然都应是达官显贵家的子女，小盈陪伴于尊贵的公主殿下身边，自然能替他瞅空说些好话。

看着自以为找到正解的小言，小盈一时也不知如何回答，垂首略略思忖后，抬头抿嘴一笑："小言，我先和琼容、雪宜说话，过几天再告诉你。"说罢，便又转脸去和琼容低低私语了。

且不提席首这几人一番对答，再说席末那位青云道长。此刻，青云道长心中的疑惧之情越来越强烈："这少年，果然不似端人。"

原来，在旁人只顾偷瞧举止高贵的小盈容颜时，青云道长却暗中细细打量着小言。许是因为刚刚施用过太华道力，现在小言手指间那只司幽冥王戒被流转而过的太华气机牵引，正露出丝丝幽冥之气。虽然这丝诡异气息十分微弱，青云道长却能清楚地感应到。在这缕邪气的萦绕下，原本就神采飞扬的少年，此时更显现出一种奇异的神采。

不知何故，这位来历不明的青云道长目睹眼前情状，此刻竟是进退维谷。

也许，世间很多大事最终能够发生，也只不过是因为一个小小的契机。就在青云道长进退两难之时，却见明珑可爱的琼容见小盈姐姐用手替自己梳拢发髻，便喜得笑靥如花，开心说道："小盈姐姐，谢谢你！今天姐姐来晚了！先前有人在这儿用水变酒，还有堂主哥哥让荷花开花，都很好玩！"

这句话，落到有心人耳里，就仿佛是一个引子，一直迟疑不决的青云道长听了这话，立时暗暗咬了咬牙，下定了决心。

于是，席间正各自饮酒闲聊的宾客便见席末那位曾转瞬酿酒的道人再次起身，朗声说道："无双庄主，诸位高朋，既然座中新添仙客，未曾见得贫道戏法，那贫道不妨再献丑一番，表演一个竹筷化龙的戏法，以博诸位一笑。"

听他此言，座间宾客俱各鼓舞，待白世俊点头首肯后，众人尽皆翘首等待他演示。

于是青云道长便在众人注目中，从怀里掏出一支乌色竹筷，朝空中抛去。这一回，他再也没念什么咒语，那支乌黑竹筷便已经无翅而飞，在枕流阁上空盘旋绕圈。紧接着，就听青云道长一声大喝："神木有灵，显化龙形！"

话音未落，只听呼一声风响，空中那支细长的乌竹筷，眼见着就变成了一条长大的黑龙！黑龙化形之后一飞冲天，在圆月光中盘桓飞舞，乌须展动，鳞爪飞扬，与往日画像中描绘的龙形毫无二致！

看到竹筷果然化龙，众宾客仰望瞻视，赞叹之声不绝于耳。那条黑色巨龙飞舞夜空之时，站于地上的青云道长则是袍袖尽鼓，如藏风飙，那张平素有些谄媚的脸上现在须发皆张，竟如同换了个人一般，庄重无比。

注意到他这副模样，小言心中却隐隐觉得有些不对。青云道长现在这副郑重神色，竟仿佛是如临大敌。

心中正有些狐疑，却见神情凝重的青云道长突然间伸臂戟指，暴喝一声："疾！"

目不转睛的四海堂堂主看得分明,青云道长指点方向,竟似是自己这边!

"咦?"出乎青云道长意料,作法之后自己那件法宝竟仍在空中盘旋,似是畏惧何物,只是不肯下来。这时,席间已有不少人面露怀疑之色。见得如此,青云道长再不敢迟疑,把心一横,袖出一刃,将指割破,然后运气一逼,就见一道血箭直射天空,化作一团血雾罩在黑龙身上。

"不好!"

见他这番举动,饶是座中人大多并非术士,也看出他这番作为绝非善意。还没等他们反应过来,那条高飞在天的黑龙,触血后身形猛然暴涨,巨目赤红如血,朝席首这几个少男少女张牙舞爪迅猛扑去!

变化如此之快,以致枕流阁中几乎没人来得及奔逃。他们才想起逃跑,却发现那条遮天蔽月的黑色恶龙喷吐着呛鼻的腥气,已扑到枕流阁近前。

"咣啷!"见奔逃无望,座中有勇武之士奋力向黑龙抛掷席中巨觚。谁知那些沉重金觚才一近身,便被黑龙利爪一扬,轻飘飘拍飞得无影无踪。转眼间,歌舞楼台中已是狂风大作,吹得众人东倒西歪。

只是,就在旁人或懵懂或惊恐之时,似是被首要针对的小言,此时却是神色如常。已经历过几次生死杀场,小言此刻又如何会把这条幻影黑龙放在心上。见它摇头摆尾而来,小言泰然自若,微一招手,那把搁在枕流阁入口台架上的瑶光剑已应声飞来。

就像是算好了一般,就在小言神剑入手时,那条凶猛黑龙已飞扑到了他身前。说时迟那时快,就在黑龙鼻息冲得小言衣袖激荡之时,小言双手握剑,冷静一劈,只在一瞬间,漫天黑影俱消,整个枕流阁中重又回归安静,只听得啪嗒一声轻响,一支小小的乌竹筷跌落席前。

几乎与此同时,青云道长见事不谐,立即身形激射,朝身后湖天中倒飞而去,转眼就只剩下一条淡淡的人影。

　　小言见状,正要仗剑追时,却听得半空中忽传来一声充满恨意的怒叱:

"无知小儿,助纣为虐,他日必遭天谴!"

第十七章
神翻魄转，惊罗衣之璀璨

青云道长一击不中，飘然远遁，并于半空中留下一句叱骂，小言闻言愕然，立时止步不前。

刚才青云道长化龙一击，前后只不过片刻工夫，便已兔起鹘落，直到现在，还有不少被刚才那阵狂风吹得东倒西歪的侍女宾客没弄清方才究竟发生了何事，仍在那儿死死抱住身旁栏柱。

不过，枕流阁上还是有不少人心中清楚，刚才青云道长的迅雷一击，看似冲那位张姓少年而去，但观他前后言行，实际目标应是此间庄主白世俊。

现在，侥幸死里逃生的白世俊又惊又恼，对着青云道长逃遁的方向恨声连连："好贼道，好贼道！亏我白世俊待你为上宾，现在竟想觑空害我！"

恨声叱骂一阵，忽似想起什么，白世俊便看了身前的小言、小盈一眼，悠悠叹了口气，很是无奈地说道："唉，今日才真正知道，何谓树大招风，何谓树欲静而风不止。饶是我白某人平日广施德政，勤谨再三，却仍有不法贼徒成日想来害我！"

此时，无双公子白世俊心中雪亮。原来青云道长混入自己府中，一心只想取自己性命，平日的卑劣言行，只不过是为了掩饰。只是，半个多月来，自己倚为左右手的飞黄仙长总是伴随左右,这贼道估计是畏他法力高强,所以一直没找到合适机会下手。今日自己遣飞黄仙长出府查访,便被他当作良机,瞅空就要来害自己。

只不过,青云贼道本以为今晚座中没有多少法力高强之人到场,应是十拿九稳的杀局,却谁料,竟被下午才来的新客无意中破坏掉了。

想到此处,再想想刚才那条黑龙势不可当的狠样,白世俊仍是好生后怕。

到得此时,临水楼台枕流阁已被无数手执钢刀火把的庄客围得水泄不通,四五个盔甲鲜明的剑士急跃过来将白世俊围在中心,死死护住。在这片纷乱之中,小言也顾不得许多,只管急问小盈、雪宜她们刚才可曾被恶龙吓着。

正喧嚷间,小言忽见周围围得密不透风的庄丁突然哗一声朝左右两边分开,然后便见一队身着轻甲战裙的兵士朝这边直冲过来。

借着灯笼光亮,小言看得分明,这队手执雪亮弯刀的兵士看模样身形,竟个个都是女子。正自惊奇,却见这群女兵竟直冲自己奔来,还没等他拔剑喝问,身形一错落间,自己身旁刚刚相逢的小盈已被隔到阵中,迅速向后退去。手忙脚乱之时,莫说喝问,一个躲闪都不及,小言倒差点就被这些奋勇向前的女兵推了个跟头。一片眼花缭乱之后,堪堪稳住身形的小言只来得及听清一句:"小言明日记得来找我,我把你娘亲捎来的东西交给你……"

话音犹自袅袅,那支娴熟非常的军阵早已朝玉带桥方向迅速移去。

小盈被护送离开后,诸位受了惊吓的宾客也不敢多逗留,胡乱跟主人道别一声,便都在庄丁护送下各自散去。至此,水云山庄枕流阁上这场原只为醉月飞觞的风流雅宴,在一片刀光剑影之中曲终人散。

第二天上午,四海堂三人所居院落中,琼容一大早便几次提议,说要赶紧去看小盈姐姐。听她提议,小言想了想,觉得还是下午再去更从容些。

用过早饭不久,庄主白世俊便遣人送来一套崭新的袍服冠帽,说是谢小言救命之恩。仆人送来的这套袍服,宽摆大袖,玄黑底色,上绣青色兰草花纹,款式正是大夫以上品级才可穿用。那顶冠帽,若以寸记,前四后三,名为"却敌冠"。

见白世俊送自己袍服,特别是这顶却敌冠,小言知道,这位无双公子对自己颇有结交招纳之意。因为这却敌冠,一般达官贵族的近卫首领才能穿戴。虽然明知其意,小言并未推脱,就不客气地收下了。等来人走后,他穿上大夫袍,戴上却敌冠,对镜一照,发现确实要威风许多。

上午清闲无事,小言便随便翻了一会儿典籍经书,然后来到小院中闲转。

他眼前的这间院落,花木葱茏,清静雅洁。粉白墙垣上,青黑小瓦线条宛转。东南墙角有一堆假山石,岩骨嶙峋,颇值玩味。假山脚墙根边,又葳蕤生长着一蓬蓬青碧修长的书带草。院西南角,长着两株叫不出名的花木,开满粉白花朵,交相错落,密密匝匝,几乎看不到半点叶片。锦云般的花枝间,正雀跃着两只小小黄鸟,它们互相飞舞嬉戏之际,便不时扇落片片花瓣。

正饶有兴致地观看时,忽见一直蹲在墙角不知在玩着什么的琼容站起身子,舞着手蹦蹦跳跳地跑过来,兴高采烈地说她抓到一只漂亮虫子。等她将手中虫子小心翼翼地递给小言,小言一瞧,发现这回琼容的猎物原来是只蝗虫。

小言将琼容抓到的猎物捏到指间,对着日光看了看,忽然皱起双眉,心下竟有些踌躇。

原来,他手中这只蝗虫,啮齿锋利,后肢强健,倒与世间蝗虫无异。但奇怪的是,这只暗绿蝗虫身上两侧,分别有两排金色黑心的圆斑,看上去有若毒眼。听琼容意思,就是这金光耀然的斑点才让她觉得好看。

　　见蝗虫这样的斑纹,小言心中疑窦暗生。抱霞峰四海堂中所存风物志,相比经书更为有趣,他早已翻得烂熟,但也从来没见记载有这样的蝗虫。自那晚观察天相,特别是与灵漪儿一番对答之后,他就怀疑,郁林郡中突如其来的蝗灾可能非比寻常。现在见了这只斑纹怪异的蝗虫,小言心中疑虑不由得更重。

　　看着手里的蝗虫,小言忽然心中一动,暗忖道:"说来也怪,昨日来无双公子的水云山庄,一路看来,越到这庄园附近,越是草木葱翠繁盛,似乎丝毫未受蝗灾影响。而现在这院落中,却偏又遗落下这只本应群生群长的蝗虫。"

　　正琢磨着,琼容又来问他这虫子好不好看。小言便告诉她,这虫子虽然漂亮,却正是让这几县民众挨饿受苦的罪魁祸首。一听此言,还没等他细细解释,琼容便已双眉紧拧,建议哥哥把这虫子送给树上那两只鸟儿吃掉。

　　等得了允许,琼容便自告奋勇接过虫子,一路小跑着冲向花树边,想将蝗虫送给那两只黄鸟吃掉。谁知,她这一路匆忙,却把那两只黄鸟惊得扑簌簌飞走了。顶着满头落英,琼容只好唤出自家那两只听话的火雀,然后将手中蝗虫抛向空中。还没等这只已被折腾得半死不活的蝗虫想起要展翅逃跑,便呼的一声,化作一小团火球自空中坠落。

　　略过琼容这段疾恶如仇的事迹不提,吃过中饭,又歇了一阵,小言便和琼容、雪宜去往玉带桥另一侧小盈的住所拜访。

　　记着昨日侍剑引领的道路,小言三人七拐八绕,半晌工夫才走到水光涵澹的秋芦湖边。只是,等从迷宫一样的房舍轩榭中走出,到了湖边一看,小言才知道此刻他们三人离那玉带桥诸岛已经偏得很远。于是,他们只好向着迎仙台玉带桥的方向,沿秋芦湖折返。

路途之中，绕过一棵大柳，脚下道路便逐渐偏离湖畔，往一片翠竹林中逶迤伸展。顺着小径走进竹林，他们便觉林中似有一阵清风在不停回荡，吹得竹叶沙沙作响。

被挟带竹林清气的风息一吹，小言顿觉暑气尽去，遍体生凉。心旷神怡之时，正要回头夸赞，却见琼容已倚在一株修竹上，脸颊紧贴竹竿，蹭去汗珠，正借着清竹纳凉。见小言看来，琼容展开笑靥，朝他哂然一笑。翠竹黄衫，碧叶娇儿，看在小言眼中正是明丽非常！

看着琼容倚靠修竹的样子，小言心中一动，忽想起与琼容初见时的情形。那时候，罗阳山野也正是满山的翠竹。

想到这儿，他便跟依恋青竹止步不前的琼容说了句玩笑话："妹妹啊，若是有一天你贪玩走丢了，我便也来这样的竹林中寻你！"

听得此言，琼容赶紧放开青竹，跑到小言身边，认真保证道："哥哥，琼容很乖，一定不会走丢！"

一阵玩笑，不经意间便走出竹林。出得林来，小言发现竹林边有一块半埋土中的石碑，读了上面的字，才知道此处叫"幽篁里"。看来，此地应是水云山庄中另一处景致。

过了幽篁里，又走了一阵，便过了枕流阁，不多久便到了连接湖中小岛的长堤处。走上长堤，过了玉带桥，便到了迎仙台下。

见他们到来，一位早已等候多时的轻甲女兵便奔到夕照草堂中禀报。片刻之后，面容英武的带剑女兵便请他们几人去草堂中和主人相见。

等进到这间与自家马蹄山故居极为相似的草堂，还没等小言开口问候，正倚在窗前青玉案边不知摆弄何物的小盈便请他过去，说是有件物事想给他看。

"我娘让她带了何物？"记起小盈昨晚之言，小言便以为小盈现在想给自己看的,一定是家中带来之物。心中惊讶着小盈竟会再去自己家中拜访,这位当年的饶州少年、现在的上清宫四海堂主,便接过小盈递来之物。

"这是?!"打开小盈递来的小盔盒盖,揭去一方红罗泥金帕,再拨开香软的红绵,小言便看到一枚温润如膏的白玉印,赫然嵌放在一个精光灿然的小金床上。

在小盈示意下,满腹疑窦的小言伸出双指,捏着这枚白玉背上的五盘螭纽,将玉印轻轻提离宝盔。将印举到眼前,小言看得分明,微透粉红的明玉版上,端端正正錾刻着八个篆文:太素天香,既寿永昌。

"这是……"

面对小言迟疑的目光,小盈忽展开一脸明灿的笑容,轻启朱唇,嫣然说道:"小言,其实小盈,便是倾城公主。我爹爹给我的正式封号为'永昌',即永昌公主。我的本名叫'盈掬',在外游历时常称'居盈',旁人呼我'小盈'。"

说到这里,看了看小言的面容,已是一身端丽宫装的小盈想想又添上一句:"其实我想着,你既已觉得我可以是公主侍女,这本来身份也只不过是去掉'侍女'二字,现在说来你应该不会太吃惊……"

第十八章
布袍长剑，闲对湖波澄澈

"倾城……永昌公主?!"听得小盈言明身份，小言的第一反应，便是想小盈是不是在跟自己开玩笑。只不过，这念头只是一闪而过，就立即被他否决掉了。小盈岂是随口说笑之人?

再看看眼前这枚华光灿然的印信，想想以前种种，便知道小盈现在绝非在跟自己说笑。

"公主……"

和面对灵漪儿这个龙宫公主不同，对小言这个曾经的市井小民而言，对人间威权的敬畏早已深入骨髓。现在乍知眼前的小盈竟然是本朝公主，饶是他再胆大包天，也立时震怖非常，脸上一阵红白色变之后，赶紧递还印信，敛襟拜伏在地，向倾城公主行觐见之礼。因拜得急切，还差点带翻旁边两张竹椅。

见小言这样，小盈变得手足无措起来，连声唤他起来。

听公主颁下谕旨，小言领命而起。只是垂手恭立之时，忍不住又想起往日种种。

却见刚显露出本来身份的人间公主喜滋滋地说道:"小言，我瞒你这么久，你千万别介意。今日我终于告诉你实情了，觉得惬意无比！虽然我本名盈掬，但只要你觉得顺口，以后就还叫我小盈便是。"

听小盈这么说，小言一时还没转过弯儿来，又如何敢接茬？心思灵动的上清宫四海堂堂主现在只管站在那儿如同木雕泥塑，只想得起连声说"不敢"。

见小言恭敬拘礼，小盈一时也不介意，身子一旋，已过来拽住小言的胳膊，将他往外间拉去。小言丝毫不敢挣动，只晓得木愣愣地跟在她身后。和小言同来的琼容、雪宜，对刚才小盈的这番话倒没太大感觉，即使听了"公主"二字也并不十分理解其中意义，只觉得今日小言表现有些怪异。现在见他被小盈拉走，她们便也跟在后面一起来到草堂外间。

等亦步亦趋到了外面这间屋子，小言这才发现，屋中竟是锅灶柴缸俱全，看它们的方位排布，真是像足了自家马蹄山故居的厨房。

正半带疑惑地打量，身旁的小盈喜滋滋地开口跟他解释说："小言，这次我顺路去马蹄山，看望了你爹娘，见原来住过的茅屋已拆掉盖成瓦房。其实我在你家茅屋中那两晚，睡得着实香甜，直到现在还记得。现在来水云山庄暂住，偶然说起，无双太守便依我性子，在迎仙台旁盖起了这三间茅屋。"

听小盈这么一说，小言才恍然大悟。又见小盈用手指示道："小言你看，这是我刚淘的米。"

和小言现在的毕恭毕敬相反，小盈放下一桩心事，此时倒快乐得像只小鸟。

她一边将犹带水珠的米篮向小言、雪宜他们展示，一边欢快说道："小言，你不知道，原来在千鸟崖常吃雪宜做的饭菜，我心里总有些过意不去。这几天得了空闲，又没人拘管，我就自己学着做些饭菜，等以后再上罗浮山，也好给雪宜姐姐帮忙。"

听得此言，小言赶紧劝阻，说她是金枝玉叶，以后若再御驾亲临罗浮山，只管让自己帮着雪宜做饭给她吃便可。

听他这样说，小盈耐心解释，说自打和他还有琼容、雪宜相识后，她突然觉得帮别人做事，也是件乐事。小盈还未说完，便见小言以手抚额，衷心感佩道："公主能有这般体恤之心，正是天下黎民百姓之福！"

听小言这样赞叹，小盈却有些哭笑不得。再看着他这恭敬模样，小盈便有些闷闷不乐。

怅然垂首，沉思了一会儿，小盈才抬起头，跟小言认真说道："小言，你这样恭谨对我，我却好生不习惯……"

现在，小盈真有些后悔刚才竟主动说出自己的身份。正自郁郁，她忽然灵机一动，对眼前手足无措的小言抿嘴笑道："好吧，既然小言你奉我为公主，那我现在便命令你——"

"恭聆公主谕旨！"

见小言躬身施礼虔诚而答，小盈只好板起俏脸，一本正经地说道："张小言听好，从现在开始，本公主命你还和以前一样待我！"

"遵命！"

小盈板脸说完，心中正自惴惴，不知效果如何，却忽听眼前之人一声清脆回答，然后便见他已直起腰来。

还未反应过来，就见面前的小言两眼灼灼，直盯着自己看，那张清俊脸上浮上了一丝笑容，从容中略带三分不羁，正是自己十分熟悉的。

见小言转变得如此之快，小盈倒有些不适应。着忙一问，便听小言有些不好意思地回答："其实，我也是把你当作小盈更习惯！刚才这一晌，差点把我给憋坏了！"

刚才这一阵，真是有违小言本性，神不得张，志不得伸，连气都不大敢喘。经过一番思忖，小言觉得这样折腾实在受罪。正有些后悔听到小盈告知自己她的公主身份，忽听小盈这番发话，真如久旱逢甘霖一般，顿时挺起腰来，觉得浑身爽快！

等小言恢复正常，屋中气氛便也恢复如初。之前琼容见哥哥抑郁，也不自觉束手束脚起来。现在看小言言笑如常，她便也跟着活泛起来，和小盈、雪宜一起讨论起锅碗瓢盆来。于是原本气氛滞涩的夕照草堂中响起了欢声笑语，正是其乐融融。

等琼容、小盈无比热烈地讨论起锅边灶角之事，小言倒反而插不上一句话了。稍停一阵，专心在粥饭之事上的小盈才忽想起一件重要的事，便向小言道歉一声，去房中拿出一只蓝布包裹，说其中是他娘捎来的十五两纹银，让他花用。捎银之余，张家阿娘还让她带话，说家中一切平安，让小言在罗浮山中安心修道。

听小盈说了一遍，小言便知爹娘央小盈传带的话，主要就是让自己专心修道，平时要尊敬门中长辈，跟同门师兄弟和睦相处，不争闲气。听小盈转告这些质朴话语，小言仿佛看到了家中二老谆谆叮嘱的模样，一时间好生挂念。

此时小盈又想起一事，便跟小言郑重解释说，说自己这次来郁林太守别苑中暂住，只是因为原本想去千鸟崖上与他们相会，但半途上清宫长老传话，说四海堂几人已经下山游历，行踪不明，于是她便应承下无双太守的极力邀请，来水云山庄中暂住避暑。

小盈又说，这位昌宜侯义子白世俊幼负神童之名，在京城皇宫内苑与自己也有过两三面之缘，最近又常听父皇赞他德才兼备，是不可多得的治国英才，于是她便留了心，也想顺道来看看这位无双公子是否真如传闻所言。

听她这一番解说，小言随口附和几声，倒也没怎么真往心里去。

不知不觉,太阳渐渐西坠,照得草堂西窗棂上缠绕的藤蔓呈现出一种几近透明的鲜绿。见天色渐晚,心情大好的草堂主人便邀请这几位亲密的访客在屋中用饭,也好检验一下她这几天学来的手艺。于是小盈遣一名侍女,去湖那边知会庄里不必再给小言几人房中送晚饭。

等用过清淡的晚饭,小盈便问起雪宜和琼容今年七月初七那天可曾乞巧,听二人都说不曾,小盈便兴致盎然地提议要替她们补上。

于是,等到玉兔东升之时,小盈便请小言从草堂中搬出一张长条凳,放在月下明湖之畔,她自己则从草庐中拿出三只青瓷碗,到湖边盛满清水,并排摆在条凳上。等乞巧之物备齐,三个女孩便都向天上的织女虔诚地默念祈祷,然后各自向面前的碗中撒下一把银针。

待七夕乞巧的隆重仪式过后,女孩们便请站在一旁的张堂主检查各人碗中的乞巧结果。

小言一番认真鉴别,认定小盈、雪宜碗中针影沉浮交错,都呈现出云彩花鸟之形,是为"得巧",琼容小妹妹在坚持不懈地换过数碗水后,碗中针影也终于不再呈细线、粗槌之纹,经小言判定,也算得乞巧成功。

这般仪程过后,见时辰尚早,头顶十六月儿正圆,这几人便去湖边解了两只小舟,小言与小盈一船,琼容与雪宜一船,划着木桨,就此离了红蓼滩头,荡荡悠悠朝一湖烟水之中行去。

这时节,正是天心月照,清辉满船。两只小舟,首尾相衔,蜿蜒行于莲田之上。

身后水路,上映月华,正显得波光粼粼,但过了没多久,狭长水路便又被浮萍荷叶填满。

舟行莲湖之中,水莲碧叶红花拂人而过,如欲随人上船。月随舟动,就在小言打桨之时,已和他数次同舟的小盈采得手旁莲蓬,剥出莲子,将清美甘滋的果实先给了用力划桨的小言几颗。身后莲舟上，琼容也学样剥莲，在自己吃之前，先将甘美的莲子送给划船的雪宜姐姐。

又行了一阵，欣赏了明河弄影、莲花依人的湖景，心情舒畅的小盈便对小言他们说，要把眼前景色唱出来。于是便听她玉啭珠喉，轻盈唱道：

> 碧莲湖上采芙蓉，
> 人影随波动。
> 露沾衣，
> 翠绡重，
> 月明中。

> 画船不载凌波梦，
> 翠盖红幢，
> 香尽满湖风……

娇柔的歌声，和着泠泠的桨声，随身边荷风飘荡，似只在小船四周的水云间低回婉转，听入小言几人耳中，只觉得无比清泠雅淡。

正心动神摇之时，一阵云影飘来，遮住月轮，湖上忽下起纷纷小雨。

见雨丝沾衣欲湿，小言便招呼一声，将小船驶入湖岸边一处繁花树下避雨。

这株花树垂下千百条柔软枝条，上面开满淡紫花朵，密如繁星，就仿佛紫云垂水，如一帘花幔般将这两舟遮住。现在花之下、水之上的空间，就如同一处遮风避雨的山洞，将这几个游湖的伙伴严实地遮蔽住。

约莫半晌之后，雨声渐停，不久便是云开月明。等将小舟划出花坞，检点衣物,小言他们发觉身上衣裳只略略湿润。

经得这场突如其来的烟雨,小盈的兴致却是更浓。

抬头望望,见得头顶这轮圆月经过方才一番洗礼,现在光华四射,显得更加明亮。看着舟舷旁映水月轮中浸透人影的模样,小盈便回想起当日自己告别罗浮山,小言飞上高树在一轮圆月衬托下笛歌相送的情景来。

听小盈提及往事,小言微微一笑,说独乐乐不如同乐乐。于是还未等小盈如何反应,便发觉自己已被人携手飞凌半空,回眸望望身后下方,则见原先乘坐的小船正在水中荡漾,旁边扁舟中,琼容正使劲地朝她摇手嬉笑。

这样凭虚御风,须臾间便来到栖明山峰那处最高的树冠。等半虚半实地立于树冠之上,朝四下一望,名动海内的倾城公主小盈便觉眼前豁然开朗,呈现在自己面前的江山,转瞬换成另外一副模样。往西、北望,烟波浩渺,明湖百里,湖岸上房舍连绵,中有灯光点点;向东、南看,青山崔巍,峰峦连绵,月色银辉中泉瀑如练,松林如涛。看眼前四面寥廓的景象,真个是山接水茫茫渺渺,水连天隐隐迢迢!

看到了大气磅礴的江山图画,再次重逢的小言、小盈一时间心胸俱阔,只觉得灵台澄澈洞明。

就在小言、小盈二人携手站在树冠,正看得如痴如醉之时,却忽听得嗖嗖两声尖厉风响,似有两物正朝他们直扑过来!

第十九章
客来花外，感关雎而好逑

正当小言、小盈二人来到山顶树冠上乘凉赏景之时，忽听嗖嗖两声，似有两支锐器破空直射而来！

听得异响，小言赶紧一闪身，护到小盈身前，几乎与此同时，他伸手一探，便将那两个破空之物稳稳捏在指间。低头一看，原来是两支利箭。

忽遭偷袭，小言正有些莫名其妙，就听东边山脚下传来一声呼喝："何方狂徒？敢来太守行苑窥伺！"

这声叱喝，正是从栖明山东边山脚下那座郁佳石城中传来。此时从这座黑黝黝石城中的连绵石楼间隐约能看到些火光，但就是见不到一个人影。刚才这声呼喝，虽然响亮，但总让人觉着有些飘飘渺渺，难以捉摸。

看着手中的利箭，再想想刚才的言语，小言立即明白了是怎么回事。将两支箭矢抛掉，小言便低头朝石城方向一抱拳，朗声回应道："城中人休怪，我二人乃白太守府中宾客，今夜见月色正佳，便翻山攀树前来赏月，并非有意冒犯。"

说罢一拱手，专心朝石城中注目观看。又等了一会儿，见脚下石城中再无声息，小言不再逗留，回身携小盈翩然而下，重又掠回到湖里莲舟中。

且不提他俩与琼容、雪宜继续在湖中荡舟闲游，再说秋芦湖另一侧湖堤边。此刻杨柳堤头、晓风明月中，有位翩翩佳公子，站在一株柳树下，朝眼前湖山中不住观望。此人正是水云山庄庄主白世俊。

自昨晚那一场夜宴，这位向来志得意满的无双太守，便觉着胸内似有一股说不出的抑郁烦闷，整日里神情怏怏，几乎什么事都提不起劲来做。就如，上午派人给上清宫四海堂堂主张小言送衣冠，本来这拉拢豪杰之事，应该亲自前往，以示诚意，但不知为何，他这素来目无余子、神气坦然的无双太守，却有些视为畏途，最后都未能成行。

而刚才，听下人禀报说那三个少男少女，竟被草堂主人留在湖庄那边共进晚餐，无双太守白世俊立时便如百爪挠心，急急到秋芦湖畔向那边楼台瞻望。辗转徘徊之时，即使被一场阵雨淋了，也恍若不觉。见他这样，熟知主人脾气的下人全都避到远处，不敢近前打扰。

白世俊在湖边不住徘徊，极目想看清湖那边的人，只是眼前莲叶田田，烟水茫茫，让他看不清分毫。

容仪丰俊的公子，就这样往复踱步，在那些侍立远处的丫鬟家丁眼中，姿态仍是一如既往的优雅从容。只是忽然之间，他们惊恐地看到，自家主人突然止步，唰一声拔出腰间佩剑，朝身前柳树没头没脑地死命砍去，哪还有平日半点雍容？！

"来人！"等发泄完毕，再看看眼前柳干上的诸多劈砍痕迹，这位声名在外的无双公子忽然一笑，还剑入鞘，又恢复到了往日的优雅神态，招手叫过下人吩咐了几句，然后便负手施施然离开了湖边。

待他走后，府中的丫鬟便扫去一地的残枝败叶，然后由几个青壮家丁将这株柳树连根伐去，之后又从别处拖来一棵繁茂柳树，在原处培土栽上。过了没多久，湖堤上依旧杨柳依依，绿树成行，就好像什么都没发生过。

第二天上午,正当琼容说着要去找小盈姐姐玩时,忽有两名丫鬟前来相请,说是府中老夫人听说新来了两位女客,便想请去后堂相见。

听丫鬟说明来意,琼容、雪宜便一起跟她们去了后堂。

二人走后,小言得了空闲,便在屋中览阅经卷。只是,今日看书与往日不同,不太能全神贯注,时不时想到与小盈能在这里相逢,只觉世事奇妙。

就在四海堂堂主心不在焉地看书时,两个女孩随着领路的丫鬟曲曲折折走过四五条长廊,穿过七八间亭榭,最后终于在一间房舍前停下。带路丫鬟先进去禀报一声,然后雪宜、琼容便跟着轻步入内。

到了轩厅内,就见有一位插珠戴翠的老妇人,倚在圆桌旁朝她们微笑。

一阵寒暄,听这位打扮富贵的妇人作过介绍,雪宜才知道眼前之人并不是白世俊的亲生母亲,而是他小时候的乳母。正不知庄中人为何要矫言伪行请她们前来,便见眼前老妇人从头到脚细细打量自己一番后,笑得满头珠翠乱颤,脸上皱纹一条条展开,向琼容和自己赞道:"怪不得小公子满口夸赞,原来你这俩闺女模样儿生得是真好!"

见老妇人做张做势,说得夸张,雪宜直觉得有些不喜。不过毕竟是在别人家做客,不能失了礼数,雪宜便谦逊了几句。素来活泼的琼容,此时则是闭着嘴一言不发,因为按照惯例,见了生人自然应该先由小言哥哥或者雪宜姐姐与他们对答。

这之后又略略说了几句,白世俊乳母王大娘,便直奔此次主题,直截了当地询问雪宜可曾婚配。听她忽然问及婚姻,出身冰崖的雪宜似早已猜到,只是淡淡地否定作答。

听她回答未曾婚配,乳母王大娘立即眉开眼笑,夸张地说道:"哎呀呀!若是这样,那老婆子今天就要恭喜贺喜寇姑娘了!不瞒你说,我家小公子,也就是当今皇弟昌宜侯的义子白太守,对你甚是倾慕,有求娶之意!"

一阵爆豆般言语过后，王大娘便伶牙俐齿地将甜言蜜语如浪潮涌般灌下，似世间其他媒婆那般，替她家主子喋喋不休地说起媒来。

此番说媒正是白世俊的主意。自这位无双公子平生第一次失了方寸后，便想着是不是可以通过向寇雪宜提亲的方式尽快确认公主对自己的心意。

况且白世俊想着，自己曾亲眼目睹小言一行三人的清苦生活，因此只要自己示以富贵，让寇雪宜答应并不难。

当然，白世俊不免也有着即便失之东隅，也可收之桑榆的心思在。

打着这般主意，向来顺风顺水的白世俊自信满满地坐在自己的书斋慷慨堂中，只等着乳母王妈妈传来喜讯。回想着寇雪宜晚宴上跳的那支舞蹈，白世俊有些瘦削的脸上，忍不住露出一丝欣慰的笑容。

只是，更有些像在赌气的无双公子却不知那说亲轩房中出现了出人意料的一幕对话：

"唉，雪宜姑娘，也不用老婆子我多说，你只要嫁给我家少爷，定能吃香喝辣，一辈子都不用愁！这——"

"咦？老婆婆你先等一下——你刚才说的是'吃香喝辣'？"

"嗯！是啊！"

"可是婆婆，雪宜姐姐不喜欢吃辣！"

"……咳咳！"一阵无言之后，原本滔滔不绝的王大娘真的像吞了颗辣子，直呛得咳嗽连连。

等消停一阵，顺了顺气，想起主人的重托，王大娘便努力重整旗鼓，继续鼓吹："雪宜小姐，是这样，嫁给我家少爷，不光能吃好喝好，平时还可以穿金戴银，各样绫罗绸缎随便挑！"

话说完，王大娘一挥手，立即有家丁抬入七八口红漆金锁的大箱，在轩敞厅堂中一字排开。又听她一声令下,这些贮满华贵绸服的衣箱便被同时打开。

一时间雪宜、琼容二人眼前,似云光乍现,云蒸霞蔚,五色的绫罗华光闪耀,照得整个屋中家具光彩粲然,如若有瑞气千条!

"怎么样?"

乳母正扬扬自得,屋中静谧一阵,只听宛如琼玉的小姑娘拍手蹦跳起来,发自内心地惊叹欢呼道:"厉害!原来婆婆你家是开绸布铺的!"

半晌之后,在庄中另一端那间慷慨堂中,白世俊挥退面如死灰的乳母,一脸阴沉,不发一言。

见他这样,侍立在身旁的心腹谋士许子方忍不住向他出言劝慰:"现在事情正筹划到关键时候,依在下浅见,公子似不可困于儿女情长。"

听他此言,正沉默看着窗外的白世俊,却冷不丁发起脾气来,向许子方挥舞手臂怒叱道:"许先生你说,为什么儿女情长就算不上事?为什么只有那些才算是事?!"

一阵呼喝之后,白世俊突然意识到自己的失态,立即冷静下来,沉默一阵后向许子方诚恳道歉道:"许先生请勿介意,世俊方才言语无礼,实在是因为心中烦郁。"

听他道歉,昌宜侯派来辅佐义子的许子方并不以为意,反倒温言安慰了白世俊几句。

看着眼前白世俊垂头丧气的样子,浑没有了往日半点指挥若定的神采,许子方心下不忍之余,也暗暗有些吃惊:"'情'之一字,果然害人!想公子往日奇谋迭出,现在却魂不守舍。唉,公子再负天大威名,毕竟年纪还小,一遇上情之事,却也同世间寻常男女一样。"

看了看面前的白世俊,老谋深算的许子方还是有些不放心。毕竟事关重大，虽然明知此时说这些并不适宜，但他还是忍不住直言提醒道："公子，依我看，那个张小言，虽然出身低贱，但此时是天下第一道门的堂主，又与公主相熟，我们与他只宜结纳，不能结仇，所以还请您凡事要三思而后行。"

说到最后，这位来自昌宜侯身边的得力谋士语气已是十分严肃。

听他此言，白世俊也没太大反应，只是有气无力地应了一声，便挥挥手请他退出书房，说是要一个人清静清静。

送走许子方，听着他离去的脚步声，白世俊想想这位谋士的谏言，脸上不禁露出一丝苦笑。刚才许子方所说的这些利害关系，他又岂能不知？否则他昨天也不会忍着愤懑，还是给那位四海堂堂主送去了冠袍。只是……

望着书房窗外浓绿欲滴的树叶，形容俊美的无双公子白世俊一声苦笑："唉，自己倾慕公主多年，如不能赢得芳心，那什么鸿鹄之志、宏图大事，即使成功，对自己来说又有什么意义呢？"

已失去慷慨之气的白世俊，在慷慨堂中又枯坐一阵，忽听窗外绿树之间正传来一声声长短不一的蝉鸣。

听到这一阵夹杂烦躁暑气的夏虫嘶鸣，原本思绪如麻的白世俊却猛可精神一振，忍不住叫出声来："愚哉！为什么我偏偏把他二人给忘了？"

一想到那两人，原本抑郁难解的白世俊突然间心情大好。他长身而起，挥掌击开青玉案前半掩的窗棂，对着窗外绿树鸣蝉高声叫道："原本未必是我输！"

第二十章
痴哉狂客，片语惊动神机

不知不觉，今天已经是来太守避暑别苑水云山庄的第三天。

用过中饭，雪宜和琼容一道，在庭院中两株繁茂的花树前，跟小言说了上午被白府王大娘找去的情况。

听着姐妹俩互相补充着将上午的事情说完，小言觉着好笑之余，却也第一次感觉到，山庄主人白世俊行事颇有些唐突。

和这位声名在外的青年俊杰相处了两三天，小言隐隐发觉，与妙华宫那位世家子弟南宫秋雨不同，郁林郡这位少年得志的太守虽然待人彬彬有礼，但内里让人觉得并不是那么真诚。

当然，毕竟小言所处年代等级分明，以白世俊的身份，他能这样待他们，已算是十分难得。想到这些，小言现在越发觉得，小盈能跟自己融洽相处这么多时日，真算是一个异数。

心中正想到小盈，便恰听琼容提议说今天他们应该再去找小盈，因为她现在很想去湖里划船。听琼容提议，小言抬头看了看天，发现夏日午后的天空中正云阵低沉，虽然云朵时时遮住炽烈的日光，但小院中没有一丝风息，格外闷热。

在这样沉闷的午后，与其憋在小小院落中受热捂汗，确实不如去湖边吹吹凉风。于是小言便整了整衣装，和琼容、雪宜一起去莲湖那边拜会小盈。一行三人就这样悠悠闲闲地走到了秋芦湖边，隐在绿杨荫中朝玉带桥那边迤逦而去。

等他们走在湖堤上时，天空中的云阵显得越发低沉。从行走的湖堤朝东南望去，天空中浓厚的云团似要压到玉桥长堤连接的那几个沙洲了。水天两侧的波光云影，正相互挤压，仿佛就要挨到一起。

看眼前景象，似乎是山雨欲来。

见了这一情形，小言在心中想道："呵，若是下雨，那就在小盈草庐中谈天说话，也很不错。"

一路脚步轻快，很快就来到通往夕照草堂的玉带桥前。

刚到桥近处，小言就看到朝向自己这边的拱桥弧面上，有一位裙甲华丽的年轻女子，正倚在石栏边朝湖中观望。女子身上袍甲鲜亮，轻盔上装饰绚烂羽毛，一看便知是女护兵中有地位之人。

见了公主麾下女兵，小言正想上前请她通禀，却见那女子忽然转过身来，朝自己说道："你就是张小言张堂主？"

"正是。不知女将军有何吩咐？"见她发问，小言依礼回答。

听了小言答话，英气飒爽的女子直接开门见山说道："张堂主，我是负责保护公主安全的护卫首领，名叫宗悦茹。我现在有些事情想跟你说明，请你先跟我来一下。"

忽听女护卫张口说了这么多话，小言倒觉着有些奇怪。虽然女护卫语气有些颐指气使，但他并不介意，回头跟琼容、雪宜示意了一下，便跟在宗悦茹后面，来到桥边小岛一处树荫下。

到了绿树荫下，面貌标致的英武女子就和她刚才自报家门一样，直截了当地说道:"张堂主,请恕悦茹直言,你和公主殿下,绝不可能!"

"呃……"宗护卫突然说出这么一句没头没脑的话,让小言一下子愣在当场,浑想不起该如何答话!

宗悦茹则似乎很满意眼前小言这副震骇模样,只管两眼盯着他将心中想法和盘托出:"你且听我慢慢道来。你和公主殿下的交往,我是大致知道的。只是,虽然公主殿下她和善待你,但并不代表她属意于你。堂主不知,我是当朝殿前执金吾宗将军之女,自幼便与公主殿下相熟。我知道,公主她从小就心地善良,不要说是宫中当差下人,就连小猫小狗小蚂蚁,她都同样怜惜。所以,张堂主你不要误会。公主虽对你友善,但绝不会有其他意思。"

说到这儿,豪爽的宗悦茹想了想,又添了句:"所以我劝你千万别起姻缘之念,以免将来伤心!"

说到这里,宗悦茹觉得自己已把事情说得十分明白,便不再多言,只管注目眼前的小言,等他回答。

殿前执金吾宗将军之女宗悦茹,的确是小盈的闺中姐妹,平时两人可谓无话不说。深受圣宠的小公主幼时生过一场大病,被上清宫羽士治好后,便被嘱咐要多去山水间游玩,修养身心。于是宗悦茹就和她父亲一样,成了小公主出宫游历时的保镖护卫。

这回来郁林郡无双太守别府避暑,她就率了一班女兵,驻扎在迎仙台群楼中,她父亲则领一队御林军驻扎在郁林郡治所布山县中。刚才之所以说这番话,正是为了帮助郁林郡太守白世俊。

晌午前,白世俊暗遣家臣来找她,见面后一阵委婉言语,剖明了他对公主的深情厚意。说话之时,宗悦茹惊讶地看到,素性矜持的昌宜侯义子说到动情处竟然眼圈微红,似是满腹愁绪辗转难明。

听他诉说完，宗悦茹对他十分同情。求人吹笛，希图能借此与倾慕之人见上一面，却谁知等到的却是吹笛之客与倾慕之人相熟，并携手同来赴宴。唉，这白太守，也真够倒霉的！

当然，同样心气很高的将门虎女，现在跟小言说这番话，也不完全是为了白世俊。作为公主自小的闺中密友，她对公主的性情了如指掌。这一年中在一起时，常常听公主提起眼前这位张姓少年。看着公主殿下每次提起张小言名字时兴奋的模样，宗悦茹便暗暗担心公主不会对张小言有别的情感吧？

倾城公主乃是金枝玉叶之身，将来只有天下最出色的公子王孙才能与她相配。而那什么张小言，虽然被公主夸得智勇无边，似乎是天下第一等的大英雄，但心性早熟的将门之女宗悦茹从公主的话里还是清楚认识到，张姓少年只不过是穷乡僻壤中一个有些小聪明的胆大市井之民，虽然偶因机缘进了上清宫，但和公主天潢贵胄的身份一比，还是差得十万八千里。

因而，宗悦茹觉得自己作为公主忠诚的属臣和朋友，很有责任防患于未然，千万不能让公主和张小言发展出超出友谊之外的其他情感。

正是因为这个缘故，晌午前一听白世俊说明来意，宗悦茹立即便答应帮忙。公主若嫁给这位名满京师的昌宜侯义子，无论如何都要好过被一个乡野小子哄骗去。

因此，尽最大努力用她最客气的语气，和出身市井的小言说过刚才那段话，宗悦茹便双目逼视，只等小言回答。

虽然眼前女子所说都是最基本的事实，自己也并没有那方面的情意，但亲耳听到宗悦茹这么说，还是让小言心中不悦。

看到眼前英武少女正拿两道灼灼目光朝自己逼视而来，小言骨子里那股倔强之气又翻腾上来，突然间咧嘴笑了起来。

"你笑什么?"宗悦茹忍不住问道。就见眼前小言忽然又是一笑,转眼间竟已是一副欢呼雀跃模样。

只见小言哈哈笑道:"宗姑娘,我今日还要多谢你!"

"……谢我做什么?"听小言此言,宗悦茹一头雾水。

"当然要谢你。因为,我这升斗小民,本以为能认识公主已是万幸;今日听宗姑娘提醒,才知道自己竟还有可能娶当今公主! 您真是一言惊醒梦中人啊! 多谢多谢!"

说完,恢复不羁之态的少年堂主张小言便抛下目瞪口呆的宗悦茹,振衣一笑而去。

过了良久,呆若木鸡的宗悦茹才如梦初醒,骇然想道:"怪不得公主说这人胆大包天,今天一看,果然啊!"

惊骇之余再一想,刚才这俊逸少年竟有种说不出的豪气,宗悦茹立即更加心惊,赶紧朝迎仙台方向追去。谁知道,等她急冲冲地奔到公主所居草堂时,却听手下女兵禀报说,公主已经和张堂主一起下湖划船去了。宗悦茹立即被气得柳眉倒竖!

大约半晌之后,委托宗护卫从中说和的白世俊在偏厅中听她把事情说完,坐在案前嘿然无语。

一阵令人尴尬的沉默过后,宗悦茹便见眼前的多情公子白世俊站起身平静说道:"宗姑娘,多谢你,这件事你已尽力。我看那位张堂主,说的话也只是玩笑。"

平静说完,脸色有些苍白的公子对宗悦茹勉强一笑,歉然说道:"让宗姑娘见笑了,现在我想一个人静静。"

听他此言,正不知如何安慰的宗悦茹,歉然地看了他一眼,然后转身准备离去。就在她刚到门口之时,忽听身后无双公子白世俊说道:"对了,世俊想起来，还有一事想烦劳一下宗姑娘。"

"何事？"宗悦茹转身望向白世俊。

"是这样，今晚世俊在枕流阁安排筵席，想请公主殿下、张堂主，还有寇雪宜、张琼容两位姑娘一起观赏湖景，宗姑娘您能否帮在下捎个话？"

宗悦茹闻言，立即应允。在白世俊嘱她也要赏光赴宴后，宗悦茹便转身离去了。

又过得一阵，听得门外那阵轻盈稳健的脚步声渐行渐远，最终消匿无声，白世俊转过身来，对着厅堂西北侧的黑玉屏风说道："仙长，你怎么看？"

随着他这一声问话，有一人从屏风后转出，抚着颏下胡须说道："请太守准我今晚也去赴宴。"

"哦？"

"禀侯爷，贫道听说，前晚有人于席间表演法术时出了意外，我今晚便也想献献丑……"

"甚好。那今晚就拜托了。"

这几句不疾不徐的对答，在幽深高大的厅堂中反转回响几次，似乎变得有些阴森可怕。

与那人对答完，郁林郡太守白世俊想起一事，又自言自语说道："奇怪，邻郡苍梧的都罗县丞，怎会派人送赈济灾粮来？"

水云山庄中的临水夜宴在酉时正中准时排开。

与十五那晚不同，今晚出席的客人少了许多，并且有不少面孔小言并未见过。至于这回与他相关的筵席席次，还和上次基本一样，他与小盈、琼容等人次第坐在白世俊旁边。略有不同的是，现在小言和小盈间，多了一位面无表情的带刀少女。

入席之后,那些美酒佳肴便流水般被端了上来。

一阵饮宴闲聊之后,几乎和上回一样,小言忽听得席末一声长笑,有人高声说道:"诸位高朋,水边夜筵若只是喝酒谈天,着实无趣,何不让贫道演示一手小小幻术,以助诸位雅兴?"

小言闻声看去,见席末有一位穿土黄袍服的方脸道士正立身朝众人拱手而笑。借着楼台上的灯光看得分明,这位颧骨突兀的方脸道人嘴角边有个豆大的黑痣,上面生着几根硬须,正映射着席间灯烛之光。

听有人请缨助兴,席间主人白世俊大喜,鼓掌说道:"好好!久未见飞黄道长演示仙法,今晚正要大开眼界!"

听他此言,席间一片附和。

只是,就在众人凑趣相和时,和小言同来的琼容却忽地放下了手中正剥着的一颗葡萄,朝席末伫立之人怔怔看去。

片刻之后,就在飞黄道长从腰间取下一只葫芦,正要开始演示法术之时,小言忽听旁边的琼容向自己细声细气地问道:"哥哥……如果琼容顽皮,一不小心捣了乱,哥哥会不会使劲怪我呀?"

小言闻言愕然,稍稍侧转看去,就见琼容正目不转睛地看着自己。

见琼容忽然摆出这副小心模样,小言不禁哑然失笑,回答道:"琼容妹妹,哥哥怎么会轻易怪你?其实小孩子犯点错误,连三清祖师爷都会原谅的。"

话音刚落,小言却忽然惊讶地看到,琼容眼神骤然一紧,脸上竟现出一副愤怒神色!

"……

"坏了,我竟忘了避她的忌讳!"

第二十一章
秋虫春鸟，从无共畅天机

枕流阁上，夜宴席末演示法术助兴之人丝毫不知道筵席另一端那番短短的对答。

颇受白世俊推崇的飞黄道人从腰间取下葫芦后，便拔开木塞，用手轻拍葫芦两下，就有两只金色虫子从中振翅而出，在枕流阁上空盘旋飞舞。

其后飞黄道人念了几声咒语，就见那两只金色飞虫身上忽然各现一个小人，小人高有寸余，身上裙甲宛然，手中挥舞绣花针大小的细剑，以飞虫为坐骑，竟在夜空中往来厮杀起来。

这两个金甲小人拼杀之时嗡嗡嘶喊，招式一板一眼，倒真像是战场士兵厮杀的模样。只是，这些招式由只有指头大小的小人使出来，显得格外有趣。

见得这番情景，地上抬头观看的宾客全都忍俊不禁。

只是，在众人全神观看之时，那个演示法术之人却显得有些心不在焉。不经意间，飞黄道人便朝席首方向偷觑了两眼。

看着毫无戒心的小言，飞黄道人在心中忖道："嗯，就让你再乐一会儿吧。"

飞黄道人知道,过不了多久他这俩憨态可掬的飞虫戏偶,就会化作两支奇毒无比的利刺,朝小言作流星般精准一击!

原来,空中这两只微带金光的黄色飞虫,正是飞黄道人豢养的毒蝗。过会儿瞅得空当,他就要用精微法力操纵这两只毒蝗甲士朝得罪了太守之人使出致命一击。而这一切,将只是因为戏偶失去控制而出的"意外"。

心中翻转着这般凶狠念头,飞黄道人脸上肌肉不由自主便被牵动了几下。

就在他心怀鬼胎之时,刺杀目标小言却也觉得有些奇怪。因为,刚刚跟他说话的琼容看到这样有趣的戏法,按理说应该拍手欢呼才是,此时却是一脸怒容,两条细月弯眉紧拧,只顾着一瞬不瞬地盯着操控戏法之人。

见到这一情形,小言在心中疑惑道:"奇怪,看琼容这模样,难不成那飞黄道人曾得罪过她?"

小言这念头还没转弯,就已异变陡生!

枕流阁上仰面看天的众宾客正看得入迷之时,却忽觉一道红光闪过,然后就见那两个飞虫甲人身上起了火,瞬间就化作两团火光自黑暗夜空中坠落。

"这又是什么戏法?"

还没等众人想明白是怎么回事,便忽听耳边一声脆生生怒叱,紧接着就看到那个小姑娘不知从哪儿拔出两支红光闪闪的短刀,朝飞黄道人挥舞扑去!

"好小贼!竟敢抢先下手!"不知哪儿被看出破绽,飞黄道人正是又惊又怒!见小姑娘破了自己法术,正龇着牙像头小乳虎般朝自己凶猛扑来,他也不敢怠慢,赶紧飞身急退到秋芦湖上空,手中凭空执起两支似钳非钳、似戟非戟的兵器,在半空中严阵以待。

琼容见飞黄道人溜到半空中，便左手一扬，将其中一支朱雀刃迎风化作一只焰羽飞扬的火鸟，然后蹦跳上去，如同刚才看到的戏偶一样，足踏朱鸟，高举神刃，朝飞举到半空的飞黄道人奋勇杀去。于是霎时，秋芦湖上空寒光闪耀，火焰纷腾！

就在琼容与飞黄道人恶斗之时，他们脚底下枕流阁上也是乱作一团。

强自镇静的白太守内心里惊怒交加："好个奸贼！指使手下先下手为强，竟然还装作没事人一样！"

原来，事发之后，白世俊暗中留意张小言，发现小言一脸惊诧，一副毫不知情的模样！

空中的打斗似乎并不会持续多久，转眼间那个备受白世俊推崇的飞黄道人就已经被足踏朱鸟的琼容追得四下飞逃。

见这样，已是箭在弦上的白世俊咬咬牙，一声叫喝："来人，有刺客！"

话音刚落，就有一队弓箭手从附近树林中冲出，急奔到距枕流阁不远的湖岸边单膝跪地，准备张弓放箭。

见着预先埋伏的士兵应声而来，白世俊心中略定。

虽然看那曾经于街头卖艺的小女孩变出的火鸟并不太像幻术，但自己有了这么多强弓相助，再加上飞黄道长法力高深，自然不必多虑，定可将她当场格杀。

形势急转直下之时，无双公子心中尽是些凶狠念头，哪还有半点慈善的心思！

谁知，就在白世俊要下令放箭之时，却看到那些正弯弓搭箭的精锐士兵，突然间竟一个个忙不迭地将手中弓矢抛掉，看样子就好像在丢掉什么烫手山芋。

"这是?!"

正当白世俊以为自己眼花之时，就听身旁有人说道："白公子请慢放箭！"

白世俊觑眼看去，说话之人正是小言。

只见小言认真说道："白公子，琼容天性率真，疾恶如仇。现在她忽去打那飞黄道长，定然有些缘由。你且等我将他们二人叫下来，再做定夺也不迟。"

原来小言见白世俊要下令放箭，立即使出冰心结，将那些士兵手中弓矢变得像冰块一样。

闷热夏夜，突然毫无预兆地手握寒冰，怎会不让他们惊得立即丢掉？有几个手上老茧稍厚反应又迟钝的，手掌竟粘在了弓上，一阵龇牙咧嘴地硬扯之后，才堪堪将手撕下。

见这样，白世俊忽觉一阵心寒，一时间竟说不出话来。

只不过小言这时也来不及顾他，一心只想着去把琼容与飞黄道人分开。

只是，才来得及跟小盈、雪宜交代一声，还没等他起身，就忽听一阵撕心裂肺的惨号顺风传来，然后就觉得眼前猛然一亮。

转头望去，小言骇然看到，湖上原本阴暗的云空中，突然间就像绽开了千百朵烟花，无数点火雨正纷纷落在湖上。这火雨当中，又有一大团火光，呈一只巨硕蝗虫之形，带着凄厉嘶鸣，咕咚一声跌入秋芦湖中。

等小言回过神来，这场有如年节的烟火已经平息，湖面上只留下千百点荧光，微弱闪烁一阵，便都熄灭了。

这场火焚之雨，就如同夏日暴雨一样突然而来。枕流阁上没有一人来得及看清，方才夜空中那朵朵燃烧的火苗，正是一只只带火的蝗虫。

这些致命的毒蝗，刚从飞黄道人的法宝葫芦中被放出，就和它们的主人一道，被天生相克的两只神雀的暗火瞬间焚灭了，这些曾经助纣为虐、为患

乡里的妖蝗，现在却成了湖里的鱼食。

只不过其中曲折，座中几乎没人识得。此时没来得及帮上忙的四海堂堂主，正被得胜归来的小妹妹琼容抓着手使劲摇晃。

小脸通红的琼容正兴奋地跟小言请功："哥哥！琼容今天又烧掉很多害人虫！"

"害人虫？又烧掉？"听得琼容之言，正被她摇个不停的小言忽然心中一动，"飞黄、飞蝗……难道刚才殒命的飞黄道人，正是郁林这场大灾的罪魁祸首?!"

忖念及此，小言忍不住看了看身旁的琼容。对上她那双澄澈见底的眼眸，小言忽想起上回嘉元会上的往事，于是心中便升起一种奇怪的感觉："琼容看到的，也许真的比我们看到的要多……"

就在小言心中思忖之时，郁林郡太守白世俊却嗒然若丧，目光呆滞，浑没了往日半点风度。

正是"出师未捷身先死"，眼睁睁看着倚为手足之人在面前丧命，白世俊心中悲痛万分。

到得这时，一直为情所困的无双公子见飞黄道人身死，终于又想起了自己正参与筹谋的大业。心境回转之时，心中只剩下了愤恨。

这时候，枕流阁上已渐渐平静下来。阁中宾客正在为刚才那场古怪争斗交头接耳，窃窃私语。

事态渐渐平息，到了善后之时，枕流阁上的气氛就有些尴尬起来。

就在小言想要开口询问琼容方才之事时，却见此间主人白世俊忽转到自己跟前，朝自己冷冷质问道："张中散，方才你属下将我府中幕僚杀死，这事你看该如何处置？"

听他问话，仍若有所思的少年堂主张小言浑没注意到白世俊特地呼他官号。心中思忖着飞黄道人之事,小言顾不得回答,只管跟眼前的郁林郡太守诚恳建言:"白太守,您刚才可曾见到那个飞黄道人落水前的形状?我刚才依稀看到,他竟然仿佛是个蝗虫之形!"

没注意到眼前年轻太守冷眼相看的神色,小言只顾往下说去:"依我看,这飞黄道人形迹可疑,说不定与贵郡近来的蝗灾有关。昨天我在……"

刚说到这儿,却冷不丁被白太守打断:"中散大人,那飞黄道长临死前火焰闪动,影像模糊,我看他还是人形。此事先且撇过一旁。我现在问你,你属下贸然将我心腹幕僚杀死,身为朝廷官员,这事你看该如何了结?"

"呃?"直到这时,小言才突然发觉,白太守双目咄咄逼视,言语间故意称自己中散大夫的品衔,显然是要以品阶来压自己。

识得此情,再看看眼前白世俊眼中闪动的那抹真切愤怒,小言忽然间若有所悟。

这时,站在小言身后一直不出声的小盈见白世俊为难小言,终于忍不住喝叱道:"白世俊,不得无礼!"

听到小盈解围之语,小言却一摆手,示意不必。此时他心中忽然有了新的计较。

看着眼前听了公主呵斥仍不退缩的无双太守,小言那两道紧拧的眉毛忽然展开,竟跟眼前威逼自己之人赔笑道:"那,不知您认为该如何处置?"

"按律当诛!"白世俊斩钉截铁地回答。

听他这话,不仅小盈、雪宜,就连那些请来凑趣的宾客也是一阵骚动。毕竟刚才这事大有蹊跷,而闯祸女孩又长得如此可爱,无论从公从私都该从长计议。正对太守所说之话腹诽之时,忽听小言毫不犹豫地回答:"好,太守说当诛便当诛!"

此言一出,众皆哗然,只有小盈几人仍是神态平静。听小言回答得这么爽快，白世俊惊愕之余，反倒有些狐疑，不知道他葫芦里卖的什么药。是不是接下来要转折辩解？

正当众人期待下文时，却见张小言转过身，低头对小姑娘说道："琼容，你犯了大错，哥哥也不能维护你了。今日我就要亲手施刑。"

"……"

然后便见他努力作出一副和蔼模样，对眼前小姑娘蔼声说道："今日你顽皮，哥哥便要和你分别一时。你放心，不久我还能找到你。"

小言说这话时，枕流阁上正是一片寂静，他的这几句话语，台上无论宾客婢女，全都听得清清楚楚。见少年临刑前善言哄骗小女孩，而那小女孩懵懂不知，仍然脸色平和，旁观众人不禁都是一阵心酸。

正当他们要众口一词出言求情时，却只听得啪一声脆响，刚刚还温言说话的少年，转眼间竟是迅疾一掌，击在毫无防备的小姑娘身上！

转瞬间，小姑娘就如同断线风筝般飞出好远，然后扑通一声坠落在秋芦湖中，转眼灭顶，再也看不到丝毫痕迹。谈笑间猛然出手的少年手上仍泛着运功残留的清光，却只管对着眼前茫茫烟水说道："好妹妹，你就自求多福吧，期望你能逃出生天……"

不知怎么，见得他这样真心祝祷，旁观众人竟觉得周身正升起森森寒气。

不只他们心寒，就连心中怨恨的白世俊也大为骇然："……没想到他竟是这样的狠人！"

见识到张小言如此狠辣决绝，白世俊竟一时有些茫然，不知不觉中，就觉得有一股寒意正从自己后脊梁骨上隐隐升起……

第二十二章
绮幔藏云，恐碍入幕之宾

小言反手一掌，将和他兄妹相称的琼容击落湖中，那一瞬几乎所有在场之人都惊呆了。

"你这是……"还在白世俊懵懵懂懂之时，就见刚刚谈笑间举手诛杀妹妹的张堂主跟自己躬身一礼，说道："白太守，虽然舍妹年幼无知，那飞黄道长也来路可疑，但她贸然杀人，确实鲁莽。我这一掌将她打落湖中，算是惩戒，至于她能否逃出生天，就要看她自己的造化了。"

听得此言，白世俊半晌无语，最后才叹道："张堂主又何必如此冲动，其实刚才我话还没说完……唉，罢了。既然已这样，那我也期望琼容姑娘能够平安无事。"

此时白世俊这番话，倒也是出自真心。被小言刚才出乎意料的杀着一搅，白世俊原本满腔的怒火现在略略平息了下来。

冷静想想，他忽然觉得，自己刚才不留余地地威逼张小言，颇有些不智。毕竟，公主与张小言交好，先前的飞黄道人确也露出了些马脚。只不过，虽然这时候他诚心期望琼容平安，但看看秋芦湖上一派波澜不惊、烟水苍茫的情状，也知道那个小女孩生还机会极小。

正在白世俊想要开口令手下下湖打捞时,忽听久不出声的公主开口说话:"张堂主,你们今晚就住到我那边去吧。"

说罢,一脸寒霜的公主便在女卫簇拥下转身离去了。

看着小言、雪宜跟着离去的背影,品味着公主刚才冷冰冰的话语,白世俊猛然想起先前公主与那个坠湖小丫头亲昵的模样。刹那间,白世俊只觉得嗡的一声响,脑子里忽然一片空白……

且不提枕流阁上凄凉散场,再说小盈这行人走出众人视线后,小言便告罪一声,独自觅了小径,曲曲折折快步行走,不多会儿便到了秋芦湖边那片千竿修竹之处。

才到此处,就忽听一声水响,然后就听得一个女孩正欢快说道:"哥哥,你来得这般快!"

小言闻声定睛一瞧,说话之人正是先前被他击落水中的琼容。将还赖在浅滩玩水的小姑娘拉上岸来,小言便赞了一声:"哈,不错,我这瞬水诀又有进步!"

说罢,便拉起琼容小手,在夜色中向草堂走去。

等两个默契非常的兄妹回到夕照草堂,却把迎接他们的小盈、雪宜吓了一跳!

原来,此刻做戏落水的琼容正趴在小言背后,脑袋软绵绵地垂在小言肩头,随着他的身躯摇晃,竟似是毫无知觉。

"呀!可千万别弄假成真!"在千鸟崖上待过一段,熟知二人脾性的小盈见状吃了一惊。等伸指头到琼容鼻前一试,感觉到那阵均匀的呼吸,才知道琼容小妹妹已趴在小言肩头睡着了。

这晚,小言三人就在小盈的夕照草堂中安顿下了。

因是盛夏,小言就在小盈卧房中打了个地铺,让雪宜睡下,自己则去外间打了个地铺。今晚劳苦功高的琼容，则被他轻轻放在里间那张豪华绣榻内侧，和她小盈姐姐一起安睡。

他这样安排，小盈、雪宜自然没什么异议，只有那个护卫首领宗悦茹，见小言竟然敢睡在公主"寝宫"，气就不打一处来。谁知，她刚一开口进谏，便被公主殿下挥退，让她也早去安歇。见如此，宗悦茹也只好悻悻而退。

经过这晚折腾，小言现在也觉困倦，于是理了理刚才被女将军趁公主不注意时踢乱的枕席，便安心睡下了。

这一夜，似乎一切平静。只有秋芦湖与栖明山的上空不时响起几声夜枭凄厉的号叫。

第二天上午，出乎夕照草堂中所有人意料，昨晚那个咄咄逼人的白太守今天一大早竟亲自赶来玉带桥这边，为他昨晚的莽撞无礼道歉。

见骄傲自雄的白世俊低声下气向自己道歉，小言大为惊讶。只不过，此刻他也正想找个由头继续留在庄中，当下两人一拍即合，见面气氛极其融洽。

说不得，琼容也被雪宜牵出。见琼容安然无恙，白世俊先是一怔，然后便是一阵欢欣鼓舞，额手称庆，倒也没问她脱险的情由。

一阵谈笑风生之后，白世俊便向小言建议，说是先前多有怠慢，招待不周，现在要替他们专门安排一个像样住处。小言听了，谦谢道："太守不必客气。"

见小言谦让，白世俊便用少有的诚恳语气说道："小言老弟，先前实在是我有眼不识人中龙凤，多有怠慢，心中愧疚得紧。经得昨晚这事，等世俊回去仔细想过，觉得那飞黄道人确实可疑。很可能，又是青云贼道一流。因而本太守也很想倚仗张堂主法力，将此事彻查清楚。"

听他这么一说，虽然不知此言是真是假，小言也觉得不必再推辞。于是,他和琼容、雪宜被白世俊安排到了一处景色清幽的独门院落中。

这处院落名为虬龙院,离翠竹婆娑的幽篁里并不太远,正对着烟波浩渺的秋芦湖,观看湖景地势极佳。

据白世俊介绍,虬龙院在他水云山庄中是仅次于迎仙台的第二豪华之所,一般都用来接待尊贵上宾。今日让小言这几个人中龙凤安歇此处,正好应了这"虬龙"二字。听得这话,小言自然又是一番感谢。

等进了虬龙院厢房,小言才知白世俊之言果然不虚。

虬龙院三处相连的厅房中,装饰极尽豪奢。除去富丽堂皇的家具,房中处处装饰着华美的丝绒绸幔,地上铺的是名贵丝毯,墙上挂的是七彩绒画,这些绒幔图案间又多饰以金线银丝,被透窗而来的日光一照,真个流光溢彩、瑞气纷呈。

踩在松软丝毯上,小言忽然发觉一个奇特之处:虽然现在是骄阳似火的七月天,但在这几间处处装饰着软厚织物的房舍里却丝毫觉不出炎热,反倒让人觉着阵阵清凉。

察觉这点,他便好奇地问此间主人白世俊,谁知现在白世俊变得十分谦逊,听小言相问,只是连连微笑,连说"奇技淫巧,不入高人法眼",便不肯再多言。

等小言、雪宜他们三人各在房间中安顿下来,白世俊又关照了几句,便起身而去。

白世俊走后,雪宜、琼容在房中忙着摆布行李,小言则去院中眺望近在咫尺的湖光山色。此时的秋芦湖,波光澄澈,琉璃一样的湖水倒映着云影天光,中间有白色的鸥鹭翩翩飞过,显得十分恬静。远处青天下的栖明山则是草木葱茏,苍翠欲滴,山影半浸湖中,便为烟波平湖平添几分绿意。

看着眼前这番悠闲之景,小言心里却并不平静。目光随着湖上的忘机鸥鸟游移一阵,他心中有些迟疑:"奇怪,这白世俊前倨后恭,到底是何用意?"

原本打定主意,准备效当年鄱阳湖之举行侠仗义的四海堂堂主,这时候却又有些拿不定主意起来。

踌躇一阵,他还是决定再缓一两日,便要运起许久未用的隐身法咒水无痕,去庄中机要处潜听虚实。

此时小言并不知道,就在眼前表面风景宜人的避暑庄园中,却有一处幽暗的地牢,现在正回荡着一阵阵愤怒的嘶号:

"白氏小儿,竟敢囚禁老夫!

"竖子不足与谋!竖子不足与谋!"

听他叫骂不住,白府地牢守卫忍不住过来敲敲牢门铁条,好心劝道:"许先生,您这又是何苦?公子他只是暂时将您关住。等过了今晚,他还会把您放出来的,您又何苦骂得这般不敬?"

听守卫这么一说,已喊得声嘶力竭的许子方,忽颓然坐倒在地,喃喃说道:"你一个小小守卫又怎么知道,这世上,宁与国为仇,不与上清为敌。太守他不听老夫之言,必遭败亡。唉,老侯爷啊,这回您可是失算了……"

白日无话,到得夜晚,正当小言踌躇着今晚要不要出去探听虚实之时,却忽听院门处有人来访。

雪宜出门一看,认出微月朦胧中来访之人正是白世俊的乳母王大娘。

王大娘带着几个丫鬟,端着果盘食盒,来给他们这几个住在虬龙院中的客人送晚餐。

此时屋外天气闷热,屋中倒是清凉。一脸谦卑笑容的王大娘叫丫鬟们将瓜果食馔在屋中玉石圆桌上铺排开,只等几位尊贵客人用膳。

只是,此时屋中只有小言、雪宜在,琼容在夕阳下山时便跑出去玩耍了,到现在也没回来。

见琼容未归，小言、雪宜便要等她一起回来吃饭，于是王大娘在屋中坐了一会，略略说了几句话，便起身告辞离去。

王大娘走后不过片刻，本在迎仙台中的小盈便在宗悦茹陪同下，踏着微茫的月色来访。于是昔日四海堂中三人，便和殿前将军之女一起，在虬龙院房舍等琼容归来。

再说琼容，此刻她正在水云山庄花木繁茂处忙着扑捉那些闪亮飞舞的萤火虫。每捉到一只，玩一会儿便又将它放掉，然后再捉另一只，如此循环往复，流连不舍，一时倒忘了吃饭。

兴致正浓的小姑娘，躲在一处茂盛草丛中，两眼紧紧盯着那只看起来笨笨的萤火虫，只等它一落下便上前飞扑。

正专心注目时，从前方不远处那片花木篱墙后忽然传来一阵人语。

玩耍这么多时，也正有些无聊，忽听有人说话，琼容便暂时忘却了那只流萤，只管竖耳倾听起来。

略过前面几句低语，正听到有个老妇人说道："少爷请放心，老身刚才确已将那机栝按下。"

"唔，甚好。"这回答的声音，听起来好生熟悉，琼容正要探头去看时，却又听那人有些不放心地问道："乳娘，小盈她真没去虬龙院中？"

"真的没去，的的确确没去！"听得乳母如此肯定，沉默一阵，白世俊咬牙切齿说道："乳娘您做得好！ 那贱民，不只对公主心存妄想，还来坏我大计！ 我低价屯粮三年，这次借灾荒搜集民间财力，此中委曲，全靠飞黄道长法术相助。谁知，飞黄道长却为他所害！ 这一回，我定要他死无葬身之地！"

听到此处，饶是琼容天真烂漫，毫无心机，也被篱墙后这恨毒语气惊得有些心慌。

被这话语一激，琼容直觉着，现在自己应该赶紧回到哥哥身边去。

于是，那两个站立花阴中人，便忽听得篱墙后灌木那边一阵响动。

"谁?!"刚刚说话之人闻声一惊，赶紧飞身过去观看，却只见草迹凌乱，并不见丝毫人影。

"也许只不过是只野兔。"心中这么想着，白世俊便重又泰然。

第二十三章
临机触怒，遇真人而落胆

被琼容弄出的响声一惊之后，过得一会儿，白世俊仍觉得有些心神不宁。又驻足一阵，他心中暗暗忖道："张小言……这回命没这么大吧？庄中苦心经营的'囚龙院'，一经发动，暗埋其间的奇门遁甲神火罩，就可将整个屋子变成蒸火笼，密不可破，这回说什么他也逃不过吧？"

就在白世俊忖度之时，虬龙院内那三间原本富丽堂皇的厅房已和他预想的一样，变成一处烟火蒸腾的烈火炼狱！

原来，刚刚就在小言说要不要他出去把琼容找回来时，却突然闻到一股烧焦之味。

"奇怪，这几个都是凉菜，怎么会有煳味？"

还在转念之时，小言突然看到，对面小盈身后那幅绘着火焰之形的猩红绒幔上那团焰苗竟喷射而出，朝幔前毫不知情的小盈凶猛噬去！

"小心！"几乎飞身去救小盈的同时，小言也感到自己身后一阵火辣热意猛然传来。不用回头，也知道自己身后正有烈焰射来。

"好个狠贼！"

原本还准备慢慢周旋的四海堂堂主，此刻终于意识到，那个道貌岸然的白太守,正是和飞黄道人同流合污的一丘之貉!

电光石火间,来不及细想,小言便已竭力施出旭耀煊华诀,将附近几人罩护在内。只可惜,铺天盖地而来的火势发作得实在太猛太快,那个站在屋角等着餐后收食盒的白府侍女,小言急切间已是鞭长莫及,庇护不得。

那个可怜的侍女,只来得及一声轻叫,便已被凶猛的火舌吞没,转眼之间,便已尸骨无存。

见火焰威力竟这般强大,被护在上清宫大光明盾中的众人全都心惊不已。幸好,那些从墙壁四周喷吐而出的火舌,触到旭耀煊华诀生成的光盾,便再也不能前进一步。借得这个空隙,小言赶紧让大家朝自己靠拢,然后一齐朝门边移去。

值此大难关头,小言身旁几人,包括娇娇柔柔的小盈在内,并无惊惶之色,全都按小言之言紧紧倚靠在他身旁。这时候,不唯小盈、雪宜将小言当成了主心骨,就连心中存有芥蒂的宗悦茹也认定小言是大难中可以倚靠之人。

于是,配合默契的几个人,迅速移到房门边。只是,等小言准备拿剑去拨门闩时,却蓦然发现,此处原本的那个木门,现在却变成了一扇精光灿然的铁板,上面只有千百朵火苗在吱吱灼燃,哪里还有半点门闩的踪影!

"好奸贼!若我今日逃出生天,誓与你不共戴天!"见白世俊施出这般狠绝手段,小言勃然大怒。

到得此时,小言反而冷静下来。他在光膜中深深吸了口气,然后遽然发力,光明气盾猛然暴涨,在火场中一阵光华闪动,转眼便通天彻地,直达屋顶。几乎与此同时,小盈、雪宜几人只听得小言一声响雷般暴喝,然后就见一道灿若日月的光华忽从身边冲天而起!

"轰!"还在眼睛被这道强光闪得一片白茫茫时,小盈几人就听得头顶忽然轰隆一声空响,然后就感觉到一阵石渣之类的碎物正从天而落。

"别慌!"这声沉静的话语刚响起,小盈、雪宜、宗悦茹就觉得腰间一紧,然后只听耳边一阵风声乱响,还没等如何反应、视线还是一片茫然时,她们就觉得脸颊上忽然有一阵清凉拂来。

"是风!"三人几乎不约而同地欣喜惊呼。

"是风。"刚把她们从屋顶破洞带出的四海堂堂主张小言也是欣喜非常。

就在他们刚刚脱险,还在庆幸之时,忽听附近有人呼道:"哥哥,原来那人也不是好人!"

小言循声看去,见一直未归的琼容正一路飞奔而来。

"妹妹你说的那人应该是白世俊吧?"

"是呀! 你怎么知道?"

"此事稍后再说。此地不宜久留。"

判断一下眼前形势,小言立即让宗悦茹急速赶往迎仙台,领公主亲卫往北而行,免得白世俊带人来害,然后他便告了声罪,带着小盈御剑而起,准备和雪宜、琼容一道,先将公主护送到北方安全处。

听小言这样安排,宗悦茹刚要领命而去,但才走得几步,便忽然醒悟,回头问道:"张堂主,我领女卫往北而行与公主会合,万一那奸贼窥得行踪,一路跟来,岂不会暴露公主行踪?"

听宗悦茹相问,张小言淡然一笑,回道:"宗姑娘,观那白世俊性情,定然刚愎自用,你往北走,他必往南行。即便预料出错,之后我还是会和琼容一道回来庄中的,那奸贼也未必腾得出手。况且,那时公主仍有雪宜护卫,雪宜法力高强,定然无事。"

听他这一番解说,宗悦茹立即心悦诚服而去。

当此之时,本应娇滴滴的小盈却也一脸坚定,跟指挥若定的小言说道:

"小言，这一年里我在宫中法术勤练不辍，若是白世俊追来，即使不能御敌于外，自保性命也是够了！"

听小盈如此说，小言转脸跟小盈说道："如此甚好。"

说罢，小言一振青衿，御起瑶光，径直往正北飞去。

大约半盏茶的工夫，小言便将小盈护送到了正北一处山野林泉边。此地离水云山庄有三四十里地，地形复杂，正宜隐匿。

到得此处，小言又跟雪宜、小盈交代了几声，便叫上跃跃欲试的琼容，一道往南边的水云山庄杀回去。

等回到风景秀美的湖庄上空，刚刚差点遭主人荼毒的四海堂堂主张小言已没了半点赏景心思。带着一腔愤恨，他与琼容二人在庄中纵横冲突，希图借着琼容的灵觉找到白世俊。

到达水云山庄，开始时小言他俩还潜踪蹑形，准备偷偷行事，但奔走一阵后，这兄妹俩就发觉庄中已经乱作一团，所经楼台曲廊处，常见不少奴仆家臣披衣执杖，如没头苍蝇般乱窜，巡逻不像巡逻，抓人不像抓人。

见得这一情形，小言心中一动，立即在庄中后堂附近抓住一个慌乱的侍女，拿剑一逼问，才知道她侍奉的主人白世俊，今晚不知怎么张皇失措中略略收拾了一下便急急去了栖明山那边的郁佳城。

一听侍女哆哆嗦嗦地说完，小言便知道是白世俊见事情败露，惧怕他的法术，所以逃到了郁佳石城里。得此情报，小言立即放了吓得魂不附体的侍女，仗剑而起，和琼容一道划空而过，掠过秋芦湖，飞过栖明山，准备去郁佳城里擒拿白世俊这个伤天害理的民贼。

只是，他二人才到栖明山顶，刚要往下冲杀，就看到脚下那座黑黝黝的石城上空，突然飞起数十朵灿烂的光华，不断飞舞盘旋，交相错落，就如同织成了一层剑网。

小言见状，定睛一看，才发现那些宛如银蛇乱窜之物，正是一支支光华闪耀的飞剑。

见得此景，朝廷的中散大夫、上清宫的四海堂堂主，心下好生诧异："奇怪，本朝严令，王侯公卿、州府官员均不得蓄养术士剑客，太守府中竟请得这许多驭剑之士！"

看着那一道道飞剑闪耀的光华，刹那间小言心底仿佛有一道灵光闪过："呀！这白世俊，恐怕不只是民蠹，说不定还是国贼！"

想到此处，小言再不犹豫，飞身立在栖明山之巅，运起师门所传剑诀，将封神剑望空祭起，然后朝底下那些护城飞剑俯冲杀去。在他这条宛如乌色游龙的剑气之后，飞舞着琼容那两只火羽飞扬的朱鸟。

俄顷之后，当黑色滚龙、火红玄鸟与那层剑网碰触到一起之时，栖明山东南天空中立即响起一阵奇异的鸣啸，有若电驰霆鸣，电光闪华间，仿佛下起一场白芒四溅的光雨。

此刻，愤怒的四海堂堂主正运足太华道力，驾驭飞剑狠命朝那些飞剑撞去，希图将剑网绞破。只不过，不知是因为刚才从火牢中脱险时耗去太多道力，还是城中剑客法力高强，琼容和他驭剑一阵猛攻之后，却只是撞落少许飞剑。偶尔露出些空当，便立即被城下望楼中飞起的剑光补上。

见得这一情形，小言心中有些骇然："想不到这小小郁林郡，竟藏了这许多高强之士！"

他现在有些庆幸，幸好这些法力高强之人，看起来并不完全听命于白世俊。否则，之前他要来杀害自己时，只要请得这样几个剑客暴起发难，自己肯定在劫难逃。

就在小言庆幸之时，脚下郁佳城中竭力抵御的修道羽士却也是个个心惊。

今晚为保住闯祸的小主公性命，昌宜侯苦心延请来的奇人异士可谓倾巢出动。只是，他们即便摆出往日不知演练了多少遍的护法剑阵，竟然只能堪堪挡住那两个少男少女的攻击。刚才这片刻工夫，只见己方飞剑不时零落，根本没半点反击余力！

城里这些羽士中，为首那位老者本是鹤发童颜，但现在满头白发下却不见了满面红光，而是换成了一脸的苍白。原来，就在刚才，鹤发老人苦心修炼的飞剑，虽作为剑阵之眼，却被小言如有神助的乌色剑光率先斩落！

心里惊讶着来犯之人眼力高明，郁佳城中的首座瞥了瞥旁边满脸灰败的白世俊，气不打一处来：上清宫乃天下道门之首，盛名之下无虚士，小主公怎么连这点道理都不懂?！更要命的是，这次他得罪之人，还是堂堂的上清宫堂主！

念及此处，再看看手边那把黯淡无光元气大伤的法宝，鹤发老者便越发愤怒，在心中怒骂道："无知小儿，竟敢矫言欺我！说什么那人只不过是捐了家产才被上清宫任命为堂主，那什么中散大夫，也只是靠了公主的关系才——"

气冲冲想到此处，郁佳城首座突然止住，不再往下想。现在，他只觉得今晚最蠢的人应该是自己，那黄口小儿如此荒唐的言语，半个时辰前他居然信之不疑！

他有这样的想法，并不出奇。正专心攻击的小言并不知道，自己从未恃以自傲的上清宫师门，在海内这些未臻化境的修道羽士中有着怎样的威慑力。

满头银雪的郁佳城首座念及此处，再看看头顶那三道纵横冲突的玄朱剑光，便再也顾不得刚才飞剑被斩时精神遭受的重创，抬头竭力望空中高喊："上清宫张堂主，且听老儿一言！今晚之事，纯属误会——"

刚强撑着说到这儿，这位白发羽士便已一口鲜血喷出，点点猩红沾染白须，真个是触目惊心！

不过，虽然因喷血未能继续说下去，他这话却清清楚楚地传到了伫立山巅的小言耳中。

看了看眼前情形，小言也知今晚事不可为，加之担心着还在野外的公主，他便顺着话头往下答道："误会？此言当真？"

这句流露出罢手之意的话语，传到城中人耳中，真不啻天籁！再察觉到正在驭剑之人，竟将这话说得神完气足，城中这些羽士便皆心惊。

于是，就在小言侧耳倾听之时，郁佳城中传来另一句答言："张堂主见谅，今晚纵火之事，老朽定当为阁下查个水落石出。恐怕此事另有误会，须知谁又敢轻犯上清宫堂主的神威。"

此时这话，已换了另外一个人来说，而且同样是因为飞剑被击落才有暇说话。说话之人的辩护语气中，不免流露出讽刺白世俊之意。只是这时候小言可顾不得细究，听出对方流露罢手之意，便赶紧顺坡下驴。

于是倏然一声将封神剑收回，沉吟一声，然后俯向石城中朗声说道："前辈所言极是，我也觉此事颇有蹊跷，恐怕是意外失火也未可知。今晚倒是在下鲁莽了。"

说罢，他朝城中一拱手，然后拉起琼容，振袖破空而去。

只是在离去之时，经过白世俊的避暑庄园上空，看到先前着火宅院中火势蔓延，已燃着附近林木，于是琼容便发起狠来，又驱动朱鸟往庄中放了好几把火！

小言拉住小姑娘往回赶时，偶尔回头望望，看到南方天空已被火光映红了半边天际。

见如此，小言叹了一声，便头也不回地直往北方飞去。

第二十四章
天懒云沉，见英风之益露

等小言、琼容赶回小盈所栖那处山野，不久后宗悦茹便也带着公主卫队疾行而来。

现在，在小言的分派下，宗悦茹带着本部护卫一圈圈围在公主周围，护卫个个执刀握剑，睁眼警戒四周情况。小言自己则和琼容、雪宜一起，在外围黑暗的山野中逡巡游荡，偶尔还御剑飞到半空，警惕监视着荒野中的任何风吹草动。

虽然他们万般警惕，但巡视一阵，并未发现有太守兵马杀到。看来，白世俊已是落了胆，一时不敢追来。

只是，当小言在没膝的野草中紧张潜行时，偶尔回头一看，却发现身后只有雪宜还跟着自己，琼容那个小丫头早已不见踪影！

见琼容走丢，小言这一惊非同小可。只不过，等他心急火燎地回头去找那个小丫头时，却发现琼容正在一根秃树顶端，蹲踞如蛙，鼓着腮帮子朝南边使劲吹气。

见琼容两腮鼓得溜圆，小言不明所以，赶紧问她："琼容你在干吗？这树这么高，小心摔下来！"

听他相问,那个正专心致志做事的小丫头,回过头来嘻嘻一笑,两眼眯成两弯新月,认真答道:"哥哥,我正在吹风! 我要把火吹旺,好把那个地方都烧掉。"

听了琼容认真说出的天真话,小言忍俊不禁,但心里担心她摔下来,便赶紧上前,张开手臂,将意犹未尽的琼容一把抱下。

等把这个煽风点火的小丫头放到地上,小言又嘱咐她不要在这荒郊野外乱跑,省得一不小心被野兽叼走。恐吓完,看了满不在乎的琼容一眼,小言觉得还是自己把她手臂抓牢最可靠。

这般荒野中的巡哨,一直持续到午夜之后。

未时之初,宗悦茹的父亲宗汉将军率麾下御林军急寻而来。原来,宗悦茹从迎仙台尽起本部兵卫之时,就遣人快马前往父亲驻扎的布山县求援。为防被白世俊察觉,宗悦茹并未使用紧急传令用的信炮。

等宗将军率大队御林骑兵赶来,护卫公主的女兵便被替下到一旁休息。直到这时,这处黝黑的山野中才敢生起一堆堆明亮的篝火。

略过朝廷将士见到公主后那一套繁文缛节不提,等小言从外围赶回,见到这位朝廷三品大将时,顿时目瞪口呆,原来威风凛凛、一脸刚猛的宗汉将军,正是当年那位给小盈赶车的马车夫宗叔!

当然,小言的惊诧也只是转瞬即逝,知道小盈身份之后,以前发生的很多事情,现在已能很容易想通。来不及多说客套话,等宗将军屏退左右,小言就将晚上发生的一切,用尽量平静的语气原原本本地禀告给宗将军听。还没等小言说完,宗将军便已是又怒又惊!

宗将军怒的是,素来德美言韶的无双公子,竟做出这样阴狠之事;惊的是,深受圣宠的公主,竟差一点玉殒香消! 如果真是那样,则不仅天理难容,他们眼前这一帮人也全都要人头落地!

想到这些关节，饶是宗汉身经百战，也禁不住一时惊得冷汗直冒！

正在惊怒交加之时，又听小言继续说道："宗将军，从种种迹象来看，那白世俊，恐怕不只是谋财害命这么简单……"

说到此处，小言便不再往下说，只是双目炯炯地盯着面前的威武大将军。

见小言话说半截，原本怒气冲天的宗将军心中蓦然一动，看着眼前小言凝重的神情，忽想道："莫非……那昌宜侯有不臣之心?!"

这念头一经冒起，就连他这个地位甚高的殿前大将军，后脊梁骨也忍不住有点发冷。白世俊的那位义父昌宜侯，此时正深得皇上信任，位高权重，若是他心怀二心……

想到此处，殿前执金吾宗将军猛然意识到，今晚这事已变得不那么简单。昌宜侯重权在握，一个处理不慎，便会掀起滔天大祸。当涉及江山社稷时，这位久居庙堂的殿前将军便觉得自己正如履薄冰。

正当宗汉使劲盘算，试图想出一个万全之策时，他眼前年轻的中散大夫小言见他半天不说话，便忍不住出言谏道："将军！您看这白太守，囤积粮饷，暗蓄人才，分明是居心叵测！这等恶徒，朝廷实宜早些惩处！"

听小言这话，再对上他那两道清亮的目光，忧心忡忡的宗将军一时竟不知该如何回答。稍停了片刻，他才有些无奈地说道："小言，你刚才所说我都知道。只不过，那白世俊是圣上之弟昌宜侯的义子。但凡牵扯到朝廷宗室，事情就没那么简单——"

刚说到这儿，他便听到自己的女儿宗悦茹不满地叫了声："爹！"

听宗悦茹抗议，深谙朝堂之事的宗将军却假装没听到，只是继续跟眼前的热血少年说道："小言你放心，白世俊之事确实可恶，待本将军护送公主回朝，定当向圣上如实禀报。只是最后如何处置，还得请圣上裁决。"

听宗将军这么一说，小言也觉自己刚才有些急躁。只是，稍停一阵，他却始终觉得有些不甘心，便问道："既然这样，宗将军能否告知在下，那恶贼可会被锁拿回京、按律抵罪？"

听他明白相问，宗汉想了想，便也直率答道："也许会，也许不会。因为白世俊的义父权倾朝野，支持者甚众。即使昌宜侯自己不积极维护，圣上也会多有顾虑，急切间也不一定会作出严厉裁处。"

"这么说，就是投鼠忌器了？"

"……"听小言说得如此直接，宗汉一时不知如何对答。因为，他看到当今圣上的小女儿已从安歇的凤帐中走出，正站在不远处听他们说话。

不过，略想了想，宗将军还是蔼言耐心回答道："小言，你有所不知，这朝廷政治之事，我宗汉一介武夫也并不如何知晓。只不过，立于朝堂日久，我也略略知道一些情况。比如今日这白世俊之事，虽然你和公主都是亲眼目睹，但一旦摆上朝廷，论及权谋，便很可能大事化小，小事化无。如果再虑及减免士大夫刑罚的'八议'之制，最后白世俊分毫无损，也不是没有可能。比如蓄养江湖术士之事，便可以说成……"

说到此处，宗汉便开始努力回忆往日朝堂上那些文官是如何扯皮开脱。正在苦思之时，却听眼前小言已替他接起下言："我知道，这事可以说成是白世俊求贤若渴，不免良莠不齐，最多落个有欠甄别、交人不慎之罪；又或者，说他只是替皇上苦心寻觅人才，丹心一片，不仅不应受到惩罚，反倒还要受赏……"

"对对！正是这样！"

听小言说得如此地道，简直就和那些文官口吻一模一样，宗汉忍不住使劲点头。只是，正当他要开口称赞小言见识卓绝之时，却忽见新晋的中散大夫小言激动起来，语速急促地说道："将军！那白世俊以一人之私，导致百姓流离,难道就不应受到应有的惩罚?老百姓无端受灾,吃得这许多苦楚,只因'权谋'二字,就白白生受了?!"

忽见小言如此悲愤,宗将军与小盈、宗悦茹等人,俱各动容。他们不知道,所谓"屋漏在上,知之在下",小言出身贫苦门楣,自小在村野市井中求活,对那些高位者以一己私利导致万民受苦的恶行深恶痛绝,现在见白世俊犯下这等再明白不过的罪行,却还可能免受惩罚,又如何不愤懑?

只是,当他情不自禁地质问过后回过神来,看到眼前的金甲大将军正一脸尴尬,便察觉刚才自己说话颇有些失礼。

于是,暂压下胸中怒火,平心静气想了一下,小言便用和缓语调郑重说道:"宗将军,请恕晚辈方才失礼。其实将军不必为难。我听说:'千夫所指,无病而死。'相信冥冥中自有神目如电。将军请放心,那恶贯满盈之人,即无人惩,或有天谴!"

他这短短几句话,说得异常平静,但与他直面相对的宗汉将军却仿佛从他双眼中看到些深邃的颜色。

忽然之间,一些当年鄱阳县城中的往事片断不由自主地浮现在宗汉心头。

此时身边的夜晚,正同那时一般平静,只有那几堆篝火还在噼噼啪啪地热烈燃灼。

跳动的火苗在小言坚毅的脸庞上映上赤红的纹样。

夏夜的山野中,只听得到风吹林叶的沙沙声响,最多还有一个小女孩含混不清的低低呢喃……

按剑四望,营地中正是火光如血,风声如鬼。

第二十五章
横眉生一计，吐气灭三魂

第二天早上，还在卯时之初，小言便早早醒来。适逢剧变，他这晚其实并没怎么睡。

醒来之时，天光还未大亮，只有东边天上露出些亮白颜色。从露宿之处翻身起来，小言朝四下望望，见附近营地中一片寂静，还没什么人起来。只有远处深草中，那几个放哨军士还在不停地游走。

伸了个懒腰，怕惊动别人，小言便沿着营地旁那条小溪，朝下游慢慢走去。经了昨晚那一场烟熏火燎，小言现在觉着脸上有些紧绷，便想去溪泉边洗却一脸烟尘。

信步闲走一阵，忽见弯弯曲曲的山涧水溪渐渐蜿蜒进一片葱茏苍翠的小树林中。到了林边，小言便不再往前，而是蹲在溪边一块圆溜溜的白石上，用双手捧起溪水洗脸。

清凉的溪水撩到脸上时，小言才觉得脸上有些火辣辣地疼，估计是昨晚突围时被烟火燎着了。

浣洗一阵，最后又学琼容拿手在脸上胡乱抹了几把，便算擦干净了。洗濯完毕，小言站起身来，准备回转营地。正在这时，忽听身旁有一个好听的声音正跟自己说道:"小言,拿这个擦擦脸。"

被水珠淋着,小言此时正是视线模糊,但一听这熟悉的声音便知道,说话之人正是公主小盈。虽不知公主是何时醒了跟来,小言应答一声,便接过了那方犹带兰麝之香的绢帕,在脸上小心翼翼地擦拭起来。待擦干脸上的水珠,小言便清楚看到,小盈穿一身素洁的长裙,正在旁边含笑而立。

等小盈也在水边浣濯过,见天光还早,小言便和她在附近闲走起来。

野外的清晨,空气格外清新。拂面而来的清风,微微有些湿润之意,若嗅一嗅,便可感觉到一股郁烈的青草芬芳气息。

小言与小盈就在这样的草野晨风中漫步而行,一时两人都没有说话。

静默无语时,不知何时山野中渐渐起了一阵薄雾,宛如烟云,在身旁淡淡地萦绕。

终于,在星光隐退、曙光熹微之时,小言终于找到了话题,开口轻唤了一声:"小盈。"

"嗯——"小盈婉转而应。

于是两人便停了下来,在一片露珠闪耀的林间空地中相对而望。

只听小言说道:"小盈,我最近才知道,你前年送给我的玉佩,原来还是你的身份信物。"

"嗯。"小盈应了一声,想了想说道,"那块玉佩,有个名字,叫'辟尘',是小时候父皇送给我的。"

"辟尘?"

"嗯！因为这玉石不仅能吸清毒素,还有辟尘之效。只要你戴着它,那些飞散的灰尘便落不到你身上。"

"呀,想不到这样神奇！"

听得小盈之言,小言赶紧将胸前的玉佩举到眼前细细察看。

一边看，他还一边自言自语道："怪不得，戴着它就觉得身上清爽许多……"

细细观察玉佩一阵，小言忽然醒过神来，举着玉佩对眼前的小盈说道："小盈，我没想到这玉佩是这样的宝物，我不能要。再说，你是皇家公主，身娇体贵，自然不能沾染尘俗。这辟尘玉佩，今天就还给你。"

说着，他便低下头，准备将玉佩从颈间摘下。只是，正待摘时，却被小盈出言止住："小言，玉佩你还是留下吧。我既已送出，是绝不会收回的。"

小言见小盈如此说，只好作罢。随后说道："小盈，我们回营地吧。"

回到营地后不久，宗汉将军父女便带着军士护送公主小盈离去了。

告别了小盈，小言则和琼容、雪宜潜迹隐形在郁林郡附近郡县中。

那晚之后，白世俊连表面功夫都不愿做了，已将他控制的米店粮行囤积的粮食全都运到了郁佳城中，那些邻郡运来的赈济灾粮，更是肉包子打狗有来无回。这样一来，还未恢复元气的郁林郡更是雪上加霜。

见到这样的情景，小言心急如焚。

反省自己焦躁的心境，小言也曾想过，是不是与自己修习的清静之道大相违背。只不过，每次反省之后，一看到乡间田野中庄稼零落的残迹，还有平民门户里牛衣对泣的凄怆景象，小言骨子里那股侠义劲便占了上风："若能杀一人而活万人，即使大道无成又如何？"

只不过，虽然小言立誓诛杀民贼，但白世俊自那晚受了惊吓，就只躲在郁佳城中不出。而郁佳城，守卫愈加森严，即使偶有飞鸟从上空飞过，也会被一箭射杀。甚至，民间渐渐还有传言，说是有几个山民去栖明山中砍柴，不小心离得郁佳城稍微近了，便立即被日夜巡逻的官兵给射杀了。

坊间传言渐起，得知白世俊又做出种种倒行逆施、残害无辜百姓之事，小言更加焦急。

这样过了半个多月，小言终于按捺不住，就要采纳琼容、雪宜的建议，准备直接硬闯，一齐杀进郁佳城去。

正在这时，他们忽然听到一个消息：太守白世俊为重建避暑庄园，特开设珍宝局，向民间购买古董珍玩。

原来，不知是天意，还是琼容吹出口的风真起了作用，那晚偌大一个水云山庄竟被大火烧成平地。神志颓丧的贵族公子白世俊见风声渐息，行乐之心渐起，便准备搜集民间珍玩宝物，重建水云山庄。当然，以这些天白太守的作为来看，冠冕堂皇的珍宝局不过是个搜刮民财的幌子而已。

听到这一消息，一直暗潜行迹的四海堂堂主张小言若有所思。

"珍宝局，珍宝局……"

大约两天后，郁平县那个连鬼影都不上门的新设衙门珍宝局大门口忽然来了个满面尘灰、衣衫褴褛的少年乞丐。少年乞丐逡巡到珍宝局门口时，那位新任的珍宝局大使周昉刚刚派出两队硬索富户珍藏的差役，现在正目送他们远去。

当周昉侧转身正要回堂中时，便看到衣衫褴褛的少年乞丐已蹭到门前。

一见是个乞丐，新任大使周昉顿时鼻子都气歪了："晦气！自己这珍宝局开张两天来，第一个主动上门的，却是个讨饭的乞丐！"

正当周昉大呼晦气，准备喝令手下将少年乞丐赶走时，却忽然看到满面烟尘之色的少年挨近之后，忽地朝他龇牙一笑，一脸神秘地低声说道："周大人，今天我来，不为讨饭，只为有一样祖传宝物要献给大人！"

听乞丐这么一说，周昉斜着眼睛看着他，满脸的不相信。

见他无动于衷，少年乞丐也不介意，在怀中摸索一阵，便掏出个戒指，毕恭毕敬地呈给眼前的周大人。

见小乞丐还真掏出个宝货，周昉便小心翼翼地从那只布满油灰的掌心

中拈过戒指,对着太阳细细观看起来。

只见眼前这枚戒指,由纯亮白银打造,造型古拙,中间镶一块方形黑玉,周围有两条银丝虬龙盘绕。

"唔,瞧这打造式样,倒像个宝物。"珍宝局大使周昉是古董贩子出身,自然识货。

正当他细心鉴赏时,又听眼前少年乞丐说道:"周大人,这清心戒指是小的的家传宝物。戴上它,能清神辟邪,益寿延年,正是难得一见的宝贝。要不是小的几天没吃上饱饭了,也不会拿这祖传宝贝来献……"

听他这一番絮絮叨叨,周昉再留意去看这枚亮银蟠龙戒时,果然发现玉面之中隐隐蕴涵一股清气,拿得稍微离身体近些,便让人平心静气,觉得说不出的清爽舒适。

"果然是个宝物!"见到这妙处,周昉终于认定,手中戒指确是宝物无疑。

这时候,他眼前献宝的少年乞丐还在唠叨:"……小的听别人说,太守大人他受了惊吓,就特地来献这宝贝。大人您就看在宝物面上,给我个好价钱……"

听他这么一说,周昉忽似得了提醒,眼前一亮,醒悟道:"呀!我怎么没想到!这乞丐说得好,那皇亲国戚白太守,这些天不正是心神不宁?若是我拿这戒指献过去,岂不是能大大得他欢心?说不定就此加官晋爵!"

念及此处,这位商人出身、久不得升迁的周大人,立时心热难熬。又见眼前少年乞丐还在嘀咕价钱的事,他便忽地一声冷笑,逼过去低低叱道:"好你个不法刁民,冒充乞丐,又骗得了谁?"

被他这一声低喝,那少年乞丐顿时一阵惊惶。只不过,这慌张也只是转瞬即逝,便见他忽然满脸笑容,压低声音涎脸说道:"哎呀,大人,您真是法眼如炬,什么都骗不了您!其实,小的也只是有几个盗墓的朋友而已。这戒指，不瞒大人说，虽然是个宝物，却是那几个朋友从一个古墓中捡来的。我想大人您这会儿也不会计较……"

听得机灵少年这坦白的话，识人甚明的周大人一阵沉吟。过得片刻，那个等他答话的少年乞丐却听得周大人突然大叫起来："哇呀呀，你这厮着实可恶！"

听周大人突然叫唤，少年乞丐一惊，就要设法开溜，却见眼前胖乎乎的周大人高声叫道："好你个小无赖！这样小小的戒指居然开口要我五十两纹银，还要加上我身上这条绸长袍！"

"呃……"忽见周昉满口胡言，褴褛少年感到莫名其妙，正在愣怔的工夫，就见周大人已飞奔回堂，从珍宝局堂中自己钱匣里取来一包银子递给他，然后竟真个动手脱起身上长袍来。

少年乞丐正不知所以，却见周大人逼到近前，恶狠狠地低声威吓一声："小子，让你拿着就拿着！"

然后周昉便将月白轻绸袍一股脑塞到少年乞丐手中。

见到周大人这样如若疯痴的举动，那献宝的少年乞丐一时也不敢细究，等溜出几条街之后，才想明白其中奥妙，原来这小吏一番做作，只为二字——媚上。

"哈！他这一番苦心，倒成全了我！"手里掂着沉甸甸的银袋，少年乞丐忍不住哈哈大笑。

自然，这个先当乞丐后当盗墓贼的机灵少年，便是天下第一正教道门的堂主张小言。而那枚戒指……

当小言再次牵住琼容手臂之时，他那只原本戴着司幽冥戒的左手中指上已是空空如也。

只不过一两天之后，那些与太守相熟的官员，便通过各种渠道知道：白太守疯了。

这惊人消息,最初是从太守的一个心腹下人那里流出的。据说,也不知怎么回事,白太守前天忽然就似白日遇鬼,满嘴疯话,两眼痴呆,然后就渐渐没了生气,便似三魂去了二魂,整日如同木雕泥塑,再也理不得政事。

听得这古怪事体,知情人自然议论纷纷。因为,白世俊有诸多道人羽士保护,如何会轻易为灵怪所魔?这世间,哪还有这么强大的灵怪!说不定……这一切只不过是托词罢了。

再联系到先前的蝗灾,渐渐地,郁林郡中各处谣言四起,说什么的都有。

暂不提州府中善后之事,再说小言。现在他正在一处山崖阴影中,接受一个两三丈高的巨灵恶神诚恳的道歉:

"主人,抱歉,这次都怪老宵自作主张,下次一定不会了!"

"下回,我一定会先跟主人打听清楚,到底要那人几成生几成死。"

"呃……"

三天之后,当小言和琼容、雪宜在一片陌路烟尘中迤逦行到一处渡口时,却忽然听到身后仿佛有人呼唤:"张施主,请留步!"

小言闻声,回头一看,只见有一位道人正从远处大步奔来。

等道人走到近前,小言认出这道人正是先前水云山庄中与他交手一番的青云道长。

明白前因后果后再见到这位青云道长,小言便有些不好意思。他正待开口道歉,却忽见青云道长稽首深深一揖,竟是对自己行了个大礼!

等青云道长抬起头来,小言便见到他一脸敬佩地跟自己说道:"张施主,刚才是贫道替郁林郡合郡百姓谢你!"

听得此言,小言马上知道他所指何事。一揖回礼,谦逊两声,小言轻声赞道:"前辈您真是法眼如炬!"

这一回,他可是真心相赞。

听他称赞,青云道长连连道谢,然后便对小言诚恳说道:"施主法力高强,贫道望尘莫及。只不过,有一事我前思后想,还是觉得要说给你听。"

"……前辈您太客气了,有什么事尽管直说,晚辈自当洗耳恭听!"

"好!"见眼前少年谦逊有礼,出身正道的青云道长微微点头,然后便说出一番肺腑之言,"依贫道来看,施主虽然法力高强,但似乎走了些旁门。虽然这世上有些修道之途,比如妖道、魔道,见效更著,但从长远来看,这些道途总是后患无穷!"

说到此处,瞧了瞧少年指间那枚微微流露丝丝诡异气息的戒指,青云道长便从怀中掏出一个册子,双手递给小言,诚声说道:"贫道修道时,蒙一位上清宫弟子厚情,赠得这本上清正法。贫道这几十年来求玄问道,能有些小小成就,实得这上清正法助益良多。现在,我便将它转赠给你,希望能助你化去凶戾之气,早日得证大道!"

说罢,青云道长便将这本经书递到了眼前心存良善的少年手中。

等小言接过这本薄薄的经册,一阵迅速翻动,发现青云道长郑重相赠的经册正是一本《上清经》。

只不过,上清宫四海堂堂主张小言并未露出丝毫诧异之色。将这册《上清经》郑重收入怀中,小言便朝眼前这位心意拳拳的青云前辈深深一揖,并目送他离开河堤飘然而去,渐渐消失在葱茏如烟的草路烟尘之中。正是:

读经不解观新册,相忘未必在江湖。

图书在版编目(CIP)数据

四海为仙6：蝗灾引奇祸 / 管平潮著.—杭州：
浙江文艺出版社，2021.8
ISBN 978-7-5339-6539-6

Ⅰ.①四⋯ Ⅱ.①管⋯ Ⅲ.①长篇小说—中国—当代
Ⅳ.①I247.5

中国版本图书馆CIP数据核字（2021）第115403号

选题策划 关俊红
责任编辑 关俊红
营销编辑 宋佳音
封面设计 仙境 **WONDERLAND** Book design
版式设计 吴 瑕
封面绘图 谭明-ming
内文绘图 南宫格
责任印制 张丽敏

四海为仙6：蝗灾引奇祸

管平潮 著

出版 浙江文艺出版社
地址 杭州市体育场路347号
邮编 310006
电话 0571-85176953（总编办）
　　 0571-85152727（市场部）
制版 浙江新华图文制作有限公司
印刷 杭州杭新印务有限公司
开本 710毫米×1000毫米　1/16
字数 144千字
印张 11.25
插页 2
版次 2021年8月第1版
印次 2021年8月第1次印刷
书号 ISBN 978-7-5339-6539-6
定价 40.00元